KITCHEN

厨房

Banana YOSHIMOTO

［日］吉本芭娜娜　著

李萍　译

上海译文出版社

目 录

contents

《厨房》中文新版序言

《厨房》,是我作为小说作家步入文坛后的第一部作品。此次得知即将在中国刊行新版,很是开心。

这部小说集赠予我许多新的人生经历,或在现实当中,或于内心世界。

自然,其间有时也会不太愉悦,但时光已将之全部化为令人怀念的美好回忆。我很幸运,能以此书开启我的小说家人生之旅。

我们都有父母,都有家人,都会期盼得到幸福。我想,世人皆是如此,不分国家,无论种族。

也都会有求而不得、彷徨痛苦之时，此情也跨越国界。

也会有人面对骤至的别离，正深陷孤独、困苦无助。对于这些人，小说并不能为之提供什么帮助，它给予不了一点实质性的温暖，可谓是无甚大用。

然而，虽知如此，在这35年间的写作过程中，我内心还是一直希冀：言语的力量，会在某刻走入那些人的内心，能些许昂起他们的头，在他们心中注入些许暖意。

如今，我已不再执着于此，因我知道，不必在意是写给谁看，也不必在意会收获多少读者，只需把自己的真情实感切实融入作品，这样坚持不懈地写下去，终有一日会走进读者的内心。我会毕生如此坚持下去的。

祝愿新版《厨房》能够给中国读者带去一份长久的宁静与温暖。

吉本芭娜娜

2021 年 11 月

厨
房

这个世界上，我想我最喜欢的地方是厨房。

无论它在哪里，式样如何，只要是厨房、是做饭的地方，我就不会感到难过。可能的话，最好功能齐备、使用方便，备有好多块干爽整洁的抹布，还有洁白的瓷砖熠熠生辉。

即便是一间邋遢得不行的厨房，我也难抑喜爱之情。

即使地面散落着碎菜屑、邋遢到能把拖鞋底磨得黑乎乎的，只要异常宽敞就可以。里面摆放一台巨大的冰箱，塞满足够度过一个冬天的食物，我倚在银色的冰箱门边，目光越过溅满油渍的灶台、生锈的菜刀，蓦然抬头，窗外星星在寂寥地闪烁。

剩下了我和厨房。这总归略胜于认为天地间只剩下我孤单一人。

委实疲惫不堪的时候，我常常出神地想：什么时候死亡降临了，我希望是在厨房里结束呼吸。无论是孤身一人死在严寒中，还是在他人的陪伴下温暖地死去，我都想无所畏惧地直面以对。只要是在厨房里就好。

在被田边家收留之前，我每天都睡在厨房里。

无论在什么地方，我都难以入眠。因此，我搬出卧室，不断在家中寻找更舒适的场所。直到一天清晨，我发现在冰箱旁睡得最安稳。

我，樱井美影，父母双双早逝，一直跟着爷爷奶奶生活。上中学的时候，爷爷去世了，只剩下我和奶奶两个人相依为命。

几天前，奶奶竟也离我而去，这给了我一记重创。

这些曾活生生存在过的家人，一个一个消失在岁月里，最后只剩下我一个人留在这世上。一想到这些，就会觉得眼前存在的一切，都是如此虚幻缥缈。这所房子，我生于此长于此，而时间这样无情地流走，如今竟只有我一人了。这念头不断折磨着我。

简直就像一部科幻小说。我进入了宇宙黑洞。

葬礼过后的三天时间，我一直处在浑浑噩噩之中。

过度悲伤使我的泪水干涸，轻柔的倦意和着悲哀，悄悄向我袭来。厨房里闪着寂静的微光。我铺好褥子，像漫画里的莱纳斯那样，紧紧裹着毛毯睡下。冰箱发出的微微声响陪伴着我，使我免受孤独煎熬。我就这样度过了静谧的长夜，清晨来临了。

我只想在星光下睡去。

我想在晨光中醒来。

其余的一切，都从我身边悄然滑过，了无痕迹。

可是，我没法一直这样下去。现实是残酷的。

尽管奶奶给我留了些钱，但这所房子一个人住还是太大、太贵了。我不得不另觅住处。

无奈，我买来房屋租赁方面的报刊翻看，可是上面密密麻麻登载着的那些房子，看起来都一模一样，看得我头昏脑涨。搬家可不是省心事，需要体力啊。

　　而我由于精神萎靡不振，又没日没夜地睡在厨房的缘故，弄得全身关节酸痛，对任何事都是抱着一副无所谓的态度。这样的我，又如何能让大脑恢复正常运转，去看房、去搬运行李、去移电话线呢！

　　面对眼前罗列的这一大堆麻烦，我陷入绝望，躺在床上辗转反侧。而正在这时，天上掉下了馅饼，奇迹悄然而至。那个午后发生的事，我仍然历历在目。

　　"叮咚！"门铃突然响了。

　　那是一个半阴的春日的午后。我冷眼看着满地的房屋广告，满心厌烦。我想反正都是要搬家的，索性着手把报刊用绳子捆扎起来。听到门铃声，身上穿着睡衣慌乱地跑过去，然后不假思索地开锁开门（幸亏不是打劫的）。站在那里的是田边雄一。

"前几天给你添麻烦了。"我说。

他比我小一岁，是个很不错的年轻人，葬礼的时候帮了我很多忙。听说跟我是同一所大学的，不过我现在已经休学了。

"不用客气，"他说，"住的地方定了吗？"

"还早着呢。"我笑笑。

"我想也是。"

"进来喝杯茶吧。"

他笑了笑说："不了，我还有急事，只是顺便过来告诉你，我和我妈商量好了，你到我们家来住，怎么样？"

"什么？"

"不管怎么说，今晚七点先来我家一趟吧。这是地图。"

"噢。"我茫然地接过便条。

"那就说好了。我和妈妈都盼望着美影你来呢。"

他笑起来，就站在我熟悉的玄关处，笑容是那么灿烂。而他的双眸也仿佛因此一下子变得距离我那么近，使我无法挪动视线。可能也是因为突然听到有人直呼我的名字的缘故吧。

"……那到时就打扰了。"

说严重点，可能我是着了魔吧。可是，他的态度那么"冷静"，使我信了他。也如同着魔的人一样，我眼前的黑暗中出现了一条大道，一条光芒四射的确确实实的光明之路。于是，我做了这样的答复。

他说声再见，笑着离开了。

在奶奶的葬礼之前，可以说我并不认识他。直到葬礼那天，田边雄一突然出现的时候，我当真还在暗自心想，他不会是奶奶的情人吧。上香的时候，他闭着哭肿的眼睛，手发颤，而一抬头看到奶奶的遗像，泪珠就扑簌簌落下来。

他看起来是那么悲伤，都不禁使我暗自惭愧，自己对奶奶的爱是不是还不及眼前的这个人？

上完香，他用手帕捂着脸，对我说："让我来帮帮忙吧。"

就这样，之后很多事都是他来帮我料理的。

田边、雄一。

奶奶什么时候提起过这个名字呢？我费了好大力气才回忆起来。大脑真是乱得一团糟。

他在奶奶常去的花店打工。记得奶奶常常说起花店里有个可爱的男孩，叫田边，今天又怎么怎么了之类的话。奶奶很喜欢插花，厨房里没断过鲜花。她每周至少去两次花店。说起来，我还记得有一次他抱着一大棵盆栽，步行跟在奶奶身后到过我家。

他四肢修长，容貌俊秀。虽然并不清楚他的底细，可印象中好像常见他热心地在花店里忙碌着。不过，即便在对他稍有些了解之后，不知为什么，他给我的"冷冷的"印象也没有改变。不管言行举止怎样温和友善，他始终给人一种遗世独立的感觉。就是说，我跟他的关系仅止于此，可以说毫无瓜葛。

晚上下起了雨。暖雨淅淅沥沥，笼罩着街市，我拿着地图，走在雨雾迷蒙的春夜里。

田边家住的大厦和我家正好隔着一个中央公园。穿过公园，夜色中绿叶绿草的气息扑面而来。被雨打湿的小路反射着彩虹般的光芒，我吧嗒吧嗒从上面走过。

说实话，我去田边家，只是因为他叫我去，其他的什么，我根本没有考虑过。

他家就在那座高楼里，是十楼。我抬头仰望，十楼那么高，那里看到的夜景想必很美吧。

走出电梯，楼道里回荡着我的脚步声。我刚按响门铃，门一下子开了，雄一出现在门口，对我说："请进。"

我说声打扰，走了进去。这房子真是很奇特。

首先映入眼帘的是一张巨大的沙发，摆放在与厨房相连的客厅里。它就那样摆着，背对宽敞的厨房里的食品橱，前面既没放茶几，也没铺地毯。驼色的布艺沙发套，非常气派，就像常常出现在广告里的那种，一大家人围坐在一起看电视，旁边趴着一条日本罕见的大狗。

透视得到阳台的大玻璃窗前，摆满了一盆盆一罐罐花草，简直像是热带丛林。细看看，家里到处是花，每个角落都摆放着各式各样的花瓶，里面装饰着时令鲜花。

"我妈说她一会儿就会抽空从店里回来，你先随便看看。

要我做向导吗？你喜欢从哪儿做判断？"雄一一边泡着茶一边说。

"判断什么？"我在柔软舒适的沙发里坐下，问道。

"家庭、住户的喜好。不是常说看看厕所就会明白之类的吗？"他淡淡地笑着，慢条斯理地做着解释。

"厨房。"

"厨房在这里，随便看啊。"

我绕到正在冲茶的雄一身后，仔细观察起他家的厨房来。

地板上铺着的门垫质感不错，雄一脚上穿着的拖鞋质地优良。一切日常所需的最完备的厨房用品整整齐齐地排放在那里，还有和我们家里一样也是银石涂层的平底煎锅和德国产的削皮器。奶奶爱偷懒，皮剥得轻松顺畅她就很高兴。

在小荧光灯的照射下，餐具像在静待着出场，玻璃杯闪闪发光。一眼看上去杂乱无章，可细看起来却全是精品。每件都有独特的用途，有吃盖浇饭用的，有吃烤菜用的，还有硕大的盘子、带盖的啤酒杯……感觉真好。得到雄一的允许，我打开了小冰箱，里面东西整齐有序，没有什么是随手塞进去的。

我不住点着头，四下看着。这个厨房，我第一眼就深深地爱上了它。

回到沙发坐下，热茶已经泡好了。

一旦来到这个几乎完全陌生的家，面对之前并不熟识的人，我不觉生出无尽的天涯孤独客的感伤来。

被雨包裹的夜景慢慢渗透进黑暗里，抬起头，眼睛迎上映在大面玻璃中的自己。

我在世上已经没有亲人了，去哪里、做什么，都有了可能，这种感觉是多么痛快淋漓啊。

世界如此地广袤无崖，黑暗如此地深邃，给我带来漫无边际的幻想与孤寂。这种情感，我也是最近才刚刚伸手触摸，睁眼细瞧。在这以前，我是闭着一只眼睛在看世界啊。

"为什么要叫我来呢？"我问他。

"我想你正在为难吧，"他眯起眼，亲切地说，"你奶奶一直很疼我，而我家，你也看到了，有这么多地方闲着，再说，你那儿也得搬出去吧。"

"嗯，房东好心，让我可以拖些日子。"

"所以，就搬过来嘛。"他一副理所当然的神情。

他的这种既不过分热情、也不过分冷淡的态度，对于现在的我来说异常地温暖。我有种莫名的感动，忍不住想哭。就在这时，门"喀啦啦"地开了，一个美极的妇人气喘吁吁地跑了进来。

我吃了一惊，不禁睁大了眼睛。她虽说有些年纪了，可的确非常美丽。看她的穿着，并不是生活中常见的服饰，又画着浓妆，我立刻明白了，她肯定是做夜晚生意的。

"这就是樱井美影。"雄一介绍说。

她呼呼喘着气，笑着说："初次见面。我是雄一的母亲，叫惠理子。"声音略带沙哑。

这就是他的母亲？我惊讶至极，盯住她看。她有着一头柔顺的披肩长发，细长的双眸深邃且神采动人，嘴唇形状优美，鼻梁高挺——全身上下洋溢着摄人心魄的生命力的光辉——简直不像真人。我从没见过这样的人。

我就这样一直冒冒失失目不转睛地盯着她看了半晌，才终于回过神，向她一笑，说："请多关照。"

"以后请多关照。"她柔声对我说，接着又转向雄一，对他说，"不好意思，雄一，一点儿抽不出空来。我这是借口说上厕所才冲回来的。到早晨才能有空，你让美影小姐今晚住下吧。"她急急忙忙说完，红裙飞扬着朝门口跑去。

"我开车送你。"雄一说。

"对不起，为了我……"我说。

"哪里。没想到店里会这么忙。我才不好意思呢。那早上见啦。"

她脚蹬高跟鞋，咚咚冲向门口。

"你看看电视等我一会儿。"说完，雄一也追出去。一下子只留下了我一个人。

——仔细观察的话，会发现她身上也有常人的缺憾。比如脸上与年龄相称的皱纹，牙齿也有些参差不齐。尽管如此，她还是魅力四射，使人想再次见到她。心中暖融融的光像余照般悄然散发着光芒——这就是所谓的"魅力"吧。这个词如此鲜活生动地展现在我的眼前，我就如同第一次切身感受到"水"一词含义的海伦。一点也没有夸张，这次会面就是带给我如此大的震撼。

外面车钥匙叮叮当当响起来，雄一回来了。

"只能离开十分钟，打个电话不就行了。"他在水泥地上边脱鞋边说。

我依旧坐在沙发上，"哦"了一声。

"美影，你被我妈吓着了吧？"他又问。

"嗯。可她实在是太漂亮了。"我照直说。

"不过，"他笑着走进来，在我面前的地板上坐下，"她整过容呢。"

"哦，"我故作平静，"怪不得说脸型一点儿都不像呢。"

"还有，看出来了吗？"他一副当真好笑得不行的样子，继续说道，"那个人，是男的呢。"

这下，我无法继续装下去了。我张大眼睛无言地注视着他，想等着他说出"没有的事，是开玩笑啦"。那么修长的手指、优雅的言行举止、美丽的容貌，怎么可能？我回想起那张美丽的面孔，屏气凝神地等待，可他还是收不住笑意。

"可是，"我终于开口说，"可是，你不是叫他母亲吗？"

"不过，要是换成你，你能叫那种人父亲吗？"

他语气很平静。的确如此，这是一个令人完全可以认同的回答。

"惠理子？那名字呢？"

"假的，原来好像叫雄司。"

我眼前一片空白，好久才终于恢复平静，问他："那，是谁生下你的？"

"过去，他也是个真正的男人。"他说，"那还是在他很年轻的时候。他结过婚，和他结婚的那个女人是我真正的母亲。"

"她……是个什么样的人呢？"我毫无头绪地猜测着。

"我也记不清了。在我很小的时候，她就死了。有照片，要看吗？"

我点点头。

他坐在那里，探身拉过自己的皮包，从钱包里掏出一张旧照片递给我。

很难形容她的长相。短头发，鼻子眼睛都小小的，给人感觉很怪，看不出年龄……

看我默不做声，他说："样子很怪吧？"

我不知如何回答，笑了笑。

"刚才那个惠理子，据说由于什么变故，从小就被这张照片上的我妈家里收养，他们俩一直在一起长大。还是男孩的时候，他也很帅，很讨女孩喜欢。可是不知道怎么会喜欢上这副长相的我妈。"他微微笑着凝视着照片，"说是非她不娶，结果竟然不顾父母的养育之恩，一起私奔了呢。"

我点头倾听着。

"我妈死后，惠理子他把工作辞了，那时我还很小，他抱着我想，今后怎么办呢？后来就决定说做个女的吧。说是反正今后再也不会喜欢别的人了。在变性之前，他可是个沉默寡言的人呢。他讨厌做事半途而废，索性从头到脚都做了手术，然后用余下的钱开了家那方面的店养活我。这是不是也可以算又当爹又当妈啊？"他笑起来。

"真、真是不寻常的一生啊。"我说。

"她说她活得很有劲儿。"

听着他们的故事，我越发迷惑，是否可以信赖他们，抑或是其中还有什么隐情？

不过，我信任厨房。而且，这两个并不相似的母子间有一个共同点，那就是同样有着神佛般灿烂的笑容。这一点，很合我心意。

"明天早上我不在，家里的东西随便用啊。"

满脸倦容的雄一抱来毛毯啦睡衣啦一大堆东西，又向我一一说明了浴室的使用方法以及毛巾的位置等等，然后走开了。

听完他惊人的身世介绍，我还没来得及细细消化，就和他一边看着电视，一边闲聊起来。说说花店，说说我奶奶，时间就这样在不知不觉间飞快地过去。看看表，已经半夜一点了。这张沙发坐起来真舒服。既松软又宽敞，感觉一坐下去，就再也不想站起来。

刚才我还说："一定是你母亲啊，在卖家具的那儿坐了坐这张沙发，就怎么也忍不住一定要买下的吧。"

"猜对了。"他回答，"那个人总是随心所欲地过日子。不过，有能力实现也很不简单呢。"

"是啊。"

"那么，这张沙发暂时就归你了，就当你的床吧。能派上用处，真是不错。"

"我，"我低低地问他，"我真可以睡在这里吗？"

"嗯。"他回答得很干脆。

"……感激不尽。"我说。

就这样，他向我做了一番大致的说明之后，道了声晚安，回房去了。

我也困了。

洗着别人家的淋浴，在久违地带走了我的疲乏的热水中，我陷入了沉思，自己在做什么呢。

换上借来的睡衣，来到悄无声息的房中。我光着脚，吧嗒吧嗒又一次走进厨房看了看，这真是个令人满意的厨房。

随后，我走向今晚我的床——那张沙发，关上灯。

窗边，微光中浮现出一株株植物，在那里静静地呼吸，从十楼俯瞰呈现的豪华夜景为它们镶上了一道边。雨已经停了，夜景在包含了湿气的透明的空气中熠熠生辉，美好至极。

我裹着毛毯，想起今晚竟也睡在厨房旁边，觉得有些好笑。然而，我没有孤独之感。这也许就是我一直在等待的吧。一张床，一张可以使我短暂地忘记往事、忘记将要面对的未来的床。我所期待的也许仅此而已。身旁不要有人，那会加剧孤独。可是，这里有厨房，有植物，有人和我在同一屋檐下，又安安静静的……没有比这里更好的了。这里，无可挑剔。

我安然地睡着了。

一阵水声把我吵醒。

晨光炫目。我迷迷糊糊地坐起来，一眼看见厨房里"惠理子"的背影。她今天的穿着比昨天淡雅些。

"早。"她转过身，跟我打招呼。脸上还是浓妆艳抹，因而愈发显得醒目，我一下子清醒过来。

"您早。"我说着起床。

她正打开冰箱，样子似乎有些为难，看看我，又说："我总是睡着睡着，肚子就饿了……不过，家里什么吃的也没有。叫外卖吧，你想吃什么？"

我站起来，说："我来做吧。"

"是吗？"她说完又有些不安，问我，"看你睡得晕晕乎乎的，能拿菜刀吗？"

"没关系。"

房间里洒满阳光，像是日光室。外面，色彩甜美的碧空一望无际，灿烂耀眼。

站在合意的厨房，我喜不自禁，完全清醒过来，蓦地想起她是个男的。

我不由得朝她望去，暴风雨般的既视感向我袭来。

阳光中，倾泻而下的晨光中，木头的清香淡淡飘来，屋里浮着灰尘，她在地上铺了块坐垫，半躺在那儿看着电视，这情景使人觉得那样亲切。

她欢欢喜喜地吃起我做的鸡蛋粥，还有黄瓜色拉。

白天，春日的暖阳高照，听得见孩子们在楼下院子里嬉闹的声音。

窗边的一草一木，都包裹在和煦的阳光中，鲜亮的绿色愈发显得光彩夺目；遥远的淡蓝色天际，薄薄的云彩缓缓飘过。

一个悠然自得、温馨可爱的白天。

真是不可思议！我会和一个素不相识的陌生人一起吃着迟到的早餐！我想，这一切直到昨天早晨为止，我做梦都不会想到吧。

没有茶几，吃的东西都直接摆在了地板上。阳光穿透玻璃杯，日本茶清冷的绿在地板上美丽地摇曳着。

"雄一啊，"惠理子忽然盯着我看了一会儿，说道，"一直说你很像他以前养的阿信。还真像呢。"

"阿信？"

"一只小狗。"

"啊？是吗？"我像小狗？

"嗯。无论是眼神，还是毛发……昨天第一眼见到你的时候，我都差点要笑出来了，真的。"

"是吗？"虽然我心里并不以为然，不过又想，要是像圣伯纳德那种大獒犬，可就惨了。

"阿信死了，雄一伤心得连饭都咽不下。所以，他没把你当一般人看待。不过，有没有男女之爱，我可不能保证啊。"说着，她嗤嗤笑起来。

"真很荣幸。"我说。

"说是你奶奶一直也很疼他。"

"是啊，奶奶非常喜欢雄一。"

"那孩子，我没空好好照料他，身上有很多毛病呢。"

"毛病？"我笑了。

"是啊。"她微微一笑，笑容里洋溢着母性的光辉，"太情绪化，处理人际关系过于冷淡，还有很多不好的地方……

不过，我千辛万苦，只想把他教育成一个心地善良的人。他，是个好心肠的孩子。"

"我知道。"

"你也是个好孩子。"

本应是他的她嘻嘻笑着，笑容如同电视上经常见到的纽约的同性恋者们一样，带着些怯懦。但是，这样评价好像又有些不妥，她太坚强了。我觉得，她全身散发着慑人的魅力，那光辉支撑着她走到现在——无论是她死去的妻子还是儿子，甚至连她本人都无法阻挡或遮盖。在她笑容背后，孤寂与寥落相应地深深渗入内心。

她咯吱咯吱咀嚼着黄瓜，说："有不少人嘴上这么说，心里却不那么想，不过，我是真的希望你在这里愿意待多久就待多久。我相信你是个好孩子，能留下来的话，我会很高兴的。而且人在困难的时候，最怕无处安身了。你安心住下吧，嗯？"她再三叮嘱着，简直要望进我的瞳仁里去。

"……房租，我一定会交的。"我心头翻涌起一股热流，激动地说，"请让我暂时睡在这里，直到找到新的住处。"

"好了，不用那么客气。不过，可不可以偶尔给我们煮粥喝啊？你可比雄一做得好吃多了。"她笑了。

　　和一位老人两个人相依为命，是一件极其令人不安的事情。对方越是健康，越是如此。当初和奶奶在一起的时候，我并没有意识到，日子过得单纯而快乐。现在回想起来，却深有感触。

　　我无时无刻都处在对"奶奶死亡"的恐惧之中啊。

　　我一进家门，奶奶就会从摆放着电视的和室里走出来，对我说：你回来啦。晚回家的时候，我总是买上蛋糕带回去。奶奶很开通，不管我在外面过夜还是别的什么，只要跟她说了，就不会朝我发脾气。我们总是喝着咖啡或是日本茶，一面看电视，一面吃蛋糕，一起度过临睡前的时光。

　　我们就这样在这间从我小时候起就未曾改变过的奶奶的老房子里，拉拉家常，谈论一下娱乐圈的趣闻，闲聊一下一天发生的事。恍惚记得关于雄一的话题也是在这个时候说起的。

不论身处在怎样的热恋中，还是喝了怎样多的酒后享受着沉醉的快感，在我内心深处，始终有一份对这个我唯一的亲人的牵挂。

令人恐惧的寂静在房间角落里喘息。无论老人和孩子多么快乐地生活着，还是会有无法填满的空间。这些，即使并没有人告诉过我，我也早有体会。

大概雄一也是如此吧。

我开始意识到在漆黑荒凉的山路上唯一能做的只有让自己也绽放出光辉，是在什么时候？尽管是在关爱中成长，我却总是难抑心头的孤单与寂寞。

——总有一天，谁都会在时间的黑暗中四分五裂，然后消失得无影无踪。

我就是以这样的目光，审视着身边的一切。雄一会和我产生共鸣，也是理所当然的吧。

……就这样，我开始了寄居生活。

我给自己放了假，允许自己歇到五月来临。这样，每天变得就像生活在天堂里一样无忧无虑。

打工还是按时去，之后就扫扫地、看看电视、烤烤蛋糕，完全是个家庭主妇的生活。

心灵之门一点点开启，有了阳光，还有风吹进来，对此，我感到非常开心。

雄一要上学、打工，惠理子工作时间在晚上，因此，这个家里的人很少能全部凑在一起。

刚开始，我不太习惯睡在开放式的环境里，又要来回奔波于老房子和田边家之间一点点收拾行李，所以有些疲惫。不过很快就适应了这种生活。

如同喜欢厨房一样，我也喜欢他们家的沙发。在那里，可以细细品味睡眠。倾听着花草们的呼吸声，想象着窗帘那侧的夜色，我总是能悄然入睡。

我想不出除此之外还有何所求，所以我是幸福的。

总是这样。我总是不被逼到边缘就不会采取行动。这次同样也是濒临绝境时，有人像这样给予了我一张温暖的床。我发自内心地感谢不知是否存在的神灵。

一天，我又回老房子去整理剩下的行李。

每次打开房门，我都会深受触动。不再住人，这里简直换了一副面孔。

四周黑漆漆的，没有一丝声响。原本我所熟悉的一切，都对我不理不睬。我都想说声"打扰了"然后踮起脚走进去比较合适，而不是说"我回来了"。

奶奶离去了，这个家的时间也随着消亡了。

我切实感受到这一切。一切，我都无能为力。在离开之前要做点什么——这样想着，不由得一边哼着《祖父的座钟》，一边擦拭起冰箱来。

这时，电话响了。

会是谁呢？我拿起听筒，是宗太郎打来的电话。

他……是我过去的恋人。奶奶病情恶化的时候，我们分手了。

"喂，是美影吧？"熟悉得让我想哭的声音。

可我还是装作若无其事地回答："好久不见了。"这已超出了羞怯或是虚荣，是一种病态。

"那个，你一直没来学校，不知出什么事了。我四处打听，才听说你奶奶去世了。吓了我一跳……够你受的吧？"

"嗯。有点忙。"

"现在能出来吗？"

"好。"

我答应着，一边漫不经心地抬头望去，窗外一片阴沉的灰褐色。

风翻卷着云层，在空中急速地翻腾涌动着。这个世上，根本没有悲伤，丝毫也不会有。一定是这样的。

宗太郎是个非常喜欢公园的人。

无论是有绿树绿草的地方，或是开阔地，还是野外，他都一股脑儿地喜欢。大学校园里，草坪或是操场边的长椅是他经常光顾的地方。"有绿色的地方，就能找到他。"这已是尽人皆知的一句话。他说将来要从事与植物有关的工作。

好像，和我有缘的男子总是跟植物有关联。

在以前平静的日子里，我和爽朗明快的他，两人就像是一对画中描绘的学生情侣。因为他的爱好，所以严冬也好，刮风下雨也罢，我们总是约在公园碰头。可因为我老迟到，觉得不好意思，就折衷一下，找了紧邻公园的一家超大的店。

今天，宗太郎还是坐在那家超大的店里紧邻公园的座位上，朝外张望着。

玻璃窗外，阴云密布的天空下，树木在风中摇晃着，沙沙作响。我从来来往往的女服务生之间穿过，向他走去，他发现了我，笑了。

在他对面的座位上坐下，我对他说："要下雨了呢。"

"哪儿呀，马上会转晴了吧。"他立刻反驳我。"好久没见了，怎么一见面就谈天气？"

他的笑容使人平静。和亲密无间的朋友一起喝着下午茶，这是多么惬意的一件事啊。我知道他睡相很不好，他喜欢在咖啡里放很多牛奶和砂糖；我也看过他为了把鬈发弄直，一本正经地对着镜子傻傻地吹头发。如果还是在相恋的那个时候，我一定会为擦冰箱时右手的指甲油脱落了而无法释怀。

"哦对了，听说，"闲谈间，他像是猛然想起什么说，"你现在住在田边家里，是吗？"

我大吃一惊。

我惊得手里的茶杯一歪，红茶从杯子里晃出来，溅到了碟子上。

"学校里都传开了。你真行，就没听说？"他不知所措地笑着说。

"我不知道。竟然连你都知道了，是什么事啊？"我问他。

"田边的女朋友，应该说是前任女友？她在学生食堂给了田边一耳光呢。"

"什么？为了我？"

"好像是。你们俩现在不是很要好吗？我是听人这么说的。"

"是吗？我一直不知道。"我说。

"你们俩不是住在一起吗？"

"他母亲（严格说来不是）也在那儿住。"

"什么？不会吧？"

他大叫起来。我过去曾经真心喜欢过他这种心直口快的性格，可现在只觉得他好吵，使我难堪得不行。

"田边那个人，"他又接着说，"听说很古怪呢。"

"我不太了解他。"我解释说，"我们很少见面……也不常说话。

"我，只是像只小狗，被人收留了。

"并不存在什么特殊的情爱。

"而且，对他，我也一无所知。

"我真的糊涂到一点儿也不知道会惹那么多麻烦。"

"不过，你说的喜欢呀爱呀，我真搞不懂。"他又说，"不管怎样，我觉得挺好的。你打算住到什么时候？"

"不清楚。"

"你可要好好考虑清楚啊。"他笑了。

"好，我会的。"我应道。

回去的时候，我们一路从公园里穿过。透过林木的间隙，田边家住的大厦清晰可见。

我手指着说："我就住那儿。"

"真不错，就在公园边上。要是我，一定早上五点就起来散步了。"

他笑起来。走在我身旁的这个人个子高高的，我看他总是要仰视。要是他的话——我看着他的侧脸想，一定会急火火地拽着我四处找新房子，把我拉去上学的。

曾经，他的这种健康向上是那般吸引着我，让我向往，也让我对无论如何都难以跟上他的脚步的自己感到厌恶。曾经……

他是一个大家庭的长子，那种从家庭中得到的与生俱来的爽朗天性，曾给予了我无限的温暖。

但是，现在我无论如何需要的是田边家那种奇妙的温馨与安详。而这种感觉我不认为自己能够用言语向他说明，并且也没有必要解释。每次和他见面，我都对自己是自己而感到悲哀。

"那，再见了。"

隐藏在心底深处的炽热情感，透过我的双眸，明确地向他传递出我的疑问——

现在，你的心还为我留着空间吗？

"好好活着啊。"他笑了，不言而喻的答案就含在眯起的双眼里。

"好，我会的。"

我应着，挥手和他作别。这段情感，就这样渐渐消失在遥不可及的某个地方。

当天晚上，我正看着录像，大门开了，雄一抱着一个大纸箱从外面回来了。

"你回来啦。"

"我买了台文字处理机。"

雄一兴冲冲地说。最近我注意到，这个家里的人有着病态般的购物癖，而且买的都是大件，主要是电器产品。

"太好了。"我应声。

"有什么要打的吗？"

我正考虑着让他打打歌词什么的，突然听他说："对了，给你打份乔迁明信片吧。"

"什么？"

"难不成你打算在这个大城市里无住处无电话地活着？"

"可是，下次搬家又得重新通知，太麻烦了。"

"切！"他撇撇嘴，很不以为然。

看他有些失望，于是我改口求他："那么，就拜托了。"转念想起刚才的事，我又问他："不要紧吗？是不是给你添麻烦了？"

"你说什么？"他一愣，似乎根本听不懂我在说什么。如果我是他女朋友，一定会给他一记耳光的。一瞬间，我忘记了自己的立场，突然对他升起一股反感。他这样一个人，真是令人费解。

因搬迁之故，住址有所变更。来信或电话，请

参照以下地址：

东京都 × × 区 × × 3-21-1

× × 大厦 1002 号

× × × - × × × ×

樱井　美影

我把他打出来的明信片一口气复印了一大摞（不出所料，这个家里也配备了复印机），然后写上收信人的名字。

雄一也在一旁帮忙。今晚他好像很有空。不过我也发现他很讨厌闲下来。

透明而静谧的时间随着笔尖的起落一滴一滴流走。

窗外，春天风暴般的暖风呼呼刮着，夜景也随风摇摆着。我无限感慨地写着朋友们的名字，最后下意识把宗太郎的名字从名单上划掉了。风很大，似乎可以听到树木和电线的晃动。我闭上眼睛，胳膊支在折叠式的小桌上，遐想着远方的街市。我不知道为什么在这房里会放这么一张小桌。据说买下它的人仅靠兴致活着。她今晚也去了店里。

"别睡啊。"雄一对我说。

"我没睡。我很喜欢写乔迁明信片呢。"

"啊，我也是。乔迁啦，还有什么旅行途中来的明信片，我都很喜欢。"

"不过，"我决定再冒险试一回，"这明信片不会惹什么风波吧？比如说在学生食堂挨女孩子揍？"

"刚才你就是指那事儿吧？"他苦笑着，那坦诚的笑容使我心头为之一震。

"你照直说好了。我只要有个暂时的容身之地就可以了。"

"什么傻话！那，我们这是在玩明信片游戏啊？"

"什么明信片游戏？"

"我也不知道。"

我们都笑了，接着不知怎的又转移了话题。这太不自然了，愚钝如我也终于明白了。细细看着他的眼睛，我明白了。

他心里隐藏着无尽的悲伤。

刚才，听宗太郎说过，他的女朋友抱怨跟他交往一年了，可对他还是一无所知。她说他对待女孩就像是对待一支钢笔一样。

我并没有爱上雄一，所以我很理解，同样一支钢笔分别在他和她两人眼中，无论是质感还是分量都是截然不同的。或许在这世上，也会有人发疯般地爱着一支钢笔。这才是真正悲哀之处。只要置身爱情之外，就会明白这些。

"没办法啊。"他看我不说话，想安慰我，依旧低着头继续说，"根本不关你的事。"

"……谢谢。"莫名地，感谢的话脱口而出。

"不用谢。"他笑了。

现在终于可以触摸到他了。在这里同住了近一个月，这是我第一次触及他的内心。我想，或许我会在某一天喜欢上他。虽然我的一贯作风是一旦恋爱，就义无反顾、穷追不舍，但也说不定会像阴霾的天幕上偶尔闪现的星星一样，随着今天这样的谈话次数的增加，我会一点点爱上他。

但是——我一边摆弄手，一边思忖——但是，我一定要离开这儿。

是由于我待在这里，他们才分手的。这是件不争的事实。我自己也不清楚自己到底有多坚强，现在的我能够马上独自应付一个人的日子吗？可是，无论如何，还是要尽快，真正尽快地搬出去……心里这样想，手里却还在写乔迁明信片，真是矛盾。

还是必须要走。

正在这个时候，门"吱"一声开了，吓了我一跳。原来是惠理子抱着个大纸袋走进来了。

"怎么了？店里不去了？"雄一转头问她。

"马上就走。看呐，我买了榨汁机了。" 她从纸袋里抱出一个纸盒，兴高采烈地说。又来了！

"所以，回来先放下。你们可以先用着。"

"真是的，来个电话不就行了，我去取。"雄一用剪刀剪着绳子说。

"好了，这么点事儿。"

雄一麻利地打开包装，从里面拿出一台高档榨汁机，看起来榨什么都不在话下。

"喝鲜果汁可以保养皮肤。"惠理子兴冲冲喜滋滋地说。

"都一把年纪了，没用了。"雄一一边看着说明书，一边回答。

看着眼前这两个人如此淡然地进行着普通母子之间的交谈，我有些迷茫。简直就像是《着魔》中的情景。在这极不健康的家庭里，气氛却是如此明朗。

"啊，美影你在写搬家通知？"惠理子朝我手里望了望说，"正好，有礼物给你，庆祝乔迁之喜的。"说着，她又把另一个被纸严严实实包裹着的东西递过来，我打开一看，是一个绘制了香蕉图案的精美的玻璃杯。

"拿这个喝果汁。"惠理子告诉我。

"盛香蕉汁可能正好。"雄一一本正经地说。

"哇，太棒了！"我感动得几乎哭出来。

搬走的时候，我一定会带上它的；走了以后，我也一定会经常、经常回来给你们煮粥喝。

这些话，我并没有说出口，只是在心里默念着。

这是一个无比珍贵的杯子啊。

第二天，是正式作别老房子的日子。终于，一切收拾停当。真是拖了好久。

　　这是一个晴朗的午后，没有风，万里无云，金灿灿的甘美的阳光洒在曾是我的故宅、而如今已是空荡荡的旧屋上。

　　因为搬迁拖了这么长时间，我去给房东老伯道歉。

　　走进这间从小就一直进进出出的管理室，喝着老伯泡好的焙茶，我们闲聊起来。唉，他也上年纪了。这样看来，奶奶是该走了。我感慨万千。

　　奶奶过去常常坐在这把小椅子上喝茶，现在我也同她一样，坐在这把椅子上喝着茶，谈论着天气、这镇的治安之类的话题。人生真是玄妙。

　　千头万绪，我不知所措。

　　——近来发生过的一切，不知为何都一股脑儿地奔涌出来，一一跑过我的面前。只剩下孤单一人的我笨拙地竭力应对着。

　　我根本不愿承认，疾驰而过的绝不是我，绝对不是。因为这一切，都让我从心底感到悲哀。

　　一切收拾停当的我的房间，阳光满室，曾经散发着住惯的家的气味。

　　厨房的窗户，朋友的笑脸，从宗太郎的侧面望去的大学校园里鲜嫩的绿，深夜打电话回去时电话那头奶奶的声音，寒冷清晨的被窝，走廊里回响着的奶奶的拖鞋声，窗帘的颜色……榻榻米……还有大座钟。

　　一切，一切，都已逝去。

　　离开的时候已是傍晚时分。

　　淡淡的暮色降临。起风了，风卷起薄薄的大衣衣角，送来丝丝寒意。

　　我站在车站等车。马路对面是一幢高层建筑，一排排的窗户浮现在青空里，很美。里面晃动着的人们，还有上下移动的电梯，都寂静无声地披上一层金光，仿佛要渐渐融化在薄暮中。

脚边放着最后的行李，现在的我终于孑然一身，了无牵挂了。想到这，我欲哭无泪，心情莫名地躁动起来。

汽车拐过弯，驶到面前缓缓停住，人们排着队，一一上了车。

车里拥挤不堪。我抓住吊环，头倚在手臂上，眺望着渐渐消融在遥远的高楼那边的夜色。

我的目光落在缓缓走过天幕的一轮新月上时，车开动了。

每当车"咣当"一声停住的时候，我就忍不住心头火起，看来是太疲倦了。就这样反反复复不知过了多少站，猛然向窗外望去，一只飞艇飘荡在远方的天空里。

飞艇随风缓慢移动着。

我兴奋起来，凝神注视着它。小灯明灭，飞艇宛如淡淡的月影在天空中穿行。

这时，坐在我身后的一位老婆婆对前面紧邻座位上的小女孩小声说："快看，小雪，飞艇，多好看啊。"

看相貌像是祖孙俩。大概车里挤，路上又塞车，所以女孩满脸不高兴，她扭过身，气呼呼地说："关我什么事。那个根本不是飞艇。"

"也有可能啊。"老婆婆毫不在意，依然笑眯眯地回答。

"还没到啊！困死了。"那个小雪继续撒着娇。

讨厌鬼！大概是疲倦的缘故吧，我脑海里一下子蹦出这句脏话。世上没有后悔药，别对你奶奶用那种口吻说话。

"好了好了，就快到了。你看，后面，妈妈睡着了呢。小雪去把她叫起来吧。"

"啊，真的呢。"她转过头，看着在后面老远的座位上打盹的妈妈，终于笑了。

多幸福啊。

老奶奶的话语中充满慈祥，笑起来的小孩子一下子变得那么可爱，这一切都让我羡慕不已。而我已经没有下次了……

我不太喜欢"下次"这个词所具有的伤感和限定未来的感觉。但是，此时此刻浮现在脑海中的"下次"一词所具有的强烈的沉重感、晦暗感，却有着令人难忘的震撼力。

我对天发誓，这些念头都是些相当微弱模糊的意识，至少我是如此感觉的。我的身体随着汽车摇晃，目光下意识地又去追逐渐渐消失在天那头的小飞艇，心里想着。

　　但是，当我意识到的时候，却发现泪水早已顺着脸颊流下，打湿了衣襟。

　　我吓了一跳。

　　是不是自己的身体功能出了故障？竟像酩酊大醉之后一样，在毫不相干的地方不自觉地掉眼泪。我的脸不禁羞得通红，连自己都可以觉察得到。于是，我慌慌张张下了车。

　　目送汽车远去之后，我禁不住钻进一条昏暗的胡同里。

　　我把行李扔在脚边，在暗影中蹲下，哇哇大哭起来。这样号啕大哭是有生以来的第一次。止不住的热泪扑簌簌滚下来，仔细想来，自从奶奶死后，我竟没有这样尽情地痛哭过一场。

　　并没有什么令人悲伤的特殊缘由，我只是想流泪，为许多往事。

　　回过神，蓦然发现，夜幕中有白色的水汽从头顶明亮的窗户里飘散出来。凝神静听，里面传出叮叮当当忙碌的热闹声浪，还有锅碗瓢盆的声音。

——是厨房。

说不清是辛酸还是鼓舞，我抱着头，凄然一笑；然后，站起身，掸掸裙子，按照原先的计划，朝田边家里走去。

上帝，请保佑我活下去……

一回到他家，我对雄一说声困了，就径直躺到沙发上。

今天好累。不过，痛痛快快地大哭了一场，心情轻松了许多，我很快就进入了梦乡。

哎呀，真睡着了呢。脑袋的一个角落似乎隐约听见来厨房喝水的雄一这样说。

我做了个梦。

梦中，我在今天刚搬出的那个屋子里擦着厨房的水槽。

要说留恋的东西，应该是地板的黄绿色吧……住在那儿的时候最讨厌那个颜色了，一旦离开，却发现是那么难以割舍。

梦境里，搬家的准备工作已经就绪，架子上货车上都空空的。实际上，那些东西老早就被收拾起来了。

一回神，雄一出现了，手里拿着抹布，在后面帮我擦着地板。我像看到了救星。

"休息一下，喝点茶吧。"

我对他说。屋子空荡荡的，声音听起来格外响亮，给人无限空旷之感。

"好。"雄一抬起头。

别人家的地板，而且又要搬走了的，用不着那么大汗淋漓地擦吧……我想。也只有他这种人才会这样做。

"这就是你们家的厨房啊！"他坐在铺在地板上的坐垫上，一边喝着我端来的茶——茶杯都收起来了，所以只好用玻璃杯代替——一边说着，"挺不错的呢。"

"是啊。"我则是两手捧着饭碗，像举行茶道时那样喝着茶。

房间里鸦雀无声，就像在玻璃柜里一样。抬起头，墙壁上只剩下挂钟留下的印痕。

"现在几点了？"我问他。

"半夜了吧。"

"你怎么知道？"

"外面黑乎乎的，又那么安静。"

"那我算是夜逃了。"我说。

"我们接着刚才的话题说，"雄一说，"你是打算也从我家搬出去吧？不要走啊。"

听他突然没头没脑地冒出这么一句，我诧异地望向他。

"你是不是认为我也和惠理子一样，都是任性而为的人？我把你叫到我们家里来，是经过慎重考虑后才决定的。你奶奶一直都很担心你，再说，最能明白你心情的，恐怕也得算是我了。不过，我知道，你要是振作起来，真正振作起来之后，即便我们拦着，你也会走的。但现在还不是时候。你没有亲人可以去倾诉苦闷，所以我才代为照顾你。

我妈赚来的闲钱，就是用在这种时候的，不是用来买榨汁机的。"他笑了。

"好好用这些钱吧，不要着急。"他像劝说杀人犯自首那样，充满诚意，目不转睛地注视着我，淡淡地一句一句说。

我点了点头。

"……好了，继续来擦地板吧。"他又说。

我端起要洗的杯子站起身。

洗杯子的时候，水声中听到他口中哼唱——

将小舟轻泊岬角边

莫打碎沉睡的月影

"那首歌我也知道。叫什么？我很喜欢呢。谁唱的来着？"我问。

"那个，菊池桃子。一听就忘不了啊。"雄一笑着。

"没错没错！"

我擦着水槽，雄一擦着地板，两人合着继续唱起来。在深夜静悄悄的厨房里，歌声分外清亮，很开心。

"我特别喜欢这段。"我唱起了第二段的开头部分——

遥远的　灯塔

旋转的　灯光

仿佛透过密林

射进两人的夜晚

我们两人笑闹着，大声反复唱起来——

遥远的　灯塔

旋转的　灯光

仿佛透过密林

射进两人的夜晚

突然，我脱口而出："嘘，小点儿声，隔壁睡着的奶奶会醒的。"说完，我就后悔了。

雄一的吃惊程度似乎比我更甚，背对着我擦地板的手完全停住了，他转过脸，稍嫌困惑地望着我。

我不知如何是好，只好傻笑着掩饰。

眼前这个惠理子悉心养育的孩子，在这一瞬间，霎时变成了一位王子，他对我说："收拾完这里回去的时候，去公园的小摊上吃碗拉面吧。"

就在这时，梦醒了。

我是在半夜里田边家的沙发上……不该睡这么早的，不太习惯。真是个奇怪的梦……我这样想着，起身去厨房喝水。心里感觉冷飕飕的。他妈妈还没回来。已经两点了。

梦境还历历在目。听着溅在不锈钢水槽上的水声，我呆呆地想，是不是索性把水槽擦了？

孤独的夜半，四周一片死寂，仿佛耳朵深处可以听到星星划过夜空的声音。一杯水悄然沁入干涸的心中。有些寒意，拖鞋里光着的脚颤抖着。

"晚上好。"雄一冷不防出现在身后，我吓了一大跳。

"怎、怎么了？"我转过身。

"醒了，肚子有点儿饿，想煮碗拉面什么的……"

和梦中截然不同，现实里的雄一睡眼惺忪，肿着脸，嘴里嘟嘟囔囔。我的脸也是哭得肿得难看。

"我给你做。你坐会儿，在我的沙发上。"

"噢，你的沙发。"说着，他晃晃悠悠走过去坐下。

不大的房间里，一盏小灯浮现在黑暗中，借着灯光，我打开冰箱，拿出蔬菜切起来，在我喜欢的厨房里——咦，拉面？这么巧？想到这，我依旧背对着雄一，半开玩笑地说："梦里你也说吃拉面呢。"

没有一点反应。是不是睡着了？回过头，却见雄一大惊失色，正目瞪口呆地盯着我。

"不、不会吧？"我说。

只听他问："你，以前家里的地板，是黄绿色的吗？"语气更像是在自言自语，之后他又接上一句，"啊，这可不是猜谜语。"

虽然觉得怪异，我还是接受了事实，对他说："谢谢你刚才帮我擦地板。"大概女性更容易接受这种事吧。

"清醒了。"他似乎为自己的反应迟钝有些懊恼，笑着说，"这回可别用玻璃杯泡茶了。"

"你自己泡去。"

"对了。用榨汁机榨果汁吧！你要吗？"他问我。

"嗯。"

雄一从冰箱里拿出葡萄柚，又兴冲冲地从盒子里抱出了榨汁机。

我一边听着深夜的厨房里轰隆隆榨果汁的响声，一边煮着拉面。

这想来似乎那么不同寻常，又似乎平淡无奇；像是奇迹，却又那么合情合理。

不管如何，我要把这份一旦化作语言便会消失的淡淡的感动收藏在心中。未来还很漫长。在无数个周而复始地来临的黑夜与白昼中，现在的这一刻或许也会在不知何时进入我的梦境之中。

"做女人也很辛苦啊。"一天傍晚，惠理子突然冒出这么一句。

我正在看杂志，不知她要说什么，抬起头诧异地看着她。雄一那美丽的母亲正趁着上班前的片刻空隙，给窗边的植物浇水。

"美影你是个有前途的孩子，所以突然想对你说。我也是在抚养雄一的时候渐渐领悟到的。那时候真的吃了好多好多苦。一个人要想真正自立，最好去弄点儿什么东西养养。比如抚养孩子啦，种盆花啦。在这过程中才会看清自己能力的极限，然后才能有所作为。"她如歌唱般讲述着自己的人生哲学。

"你确实很不容易啊。"我感叹道。

她又继续说："不过，人在生命的历程中，不彻底绝望一次，就不会懂得什么是自己最不能割舍的，就不会明白真正的快乐是什么，结果整天浑浑噩噩。我应该算幸运的了。"

她头上披肩的长发微微颤动着。

是啊。人生不如意事十有八九，前途艰险令人不愿正视……人有哪天不这样觉得啊。甚至连爱也不能拯救一切。尽管如此，这个人还是挺立在这里，在黄昏夕阳的包裹中，用她纤细的手浇灌着花草。透过那透明的水流，炫目而甜美的光仿佛折射出了一道绚烂的彩虹。

"我明白。"我说。

"我就喜欢美影你那么直率的性格，抚养你长大的你奶奶也一定是个好人。"他母亲说。

"是的，我很骄傲有她这样的奶奶。"我笑了。

"真不错啊。"她背对着我笑着。

即使这里，我也不可能一直住下去——我把目光移回杂志，心里想。这虽然令人难过得有点头晕，却是必然的。

不知何时，我会在某些不同的地方怀念这里吧？

又或许，不知何时我还会再次站在同一间厨房？

可是现在和我在一起的有这个实力派的母亲，还有那个目光温柔的男孩，我和他们待在同一个地方，这就足够了。

我会不断成长，经历风霜，经历挫折，一次次沉入深渊，一次次饱尝痛苦，更会一次次重新站起来。我不会认输，不会放弃。

梦中的厨房……

我会拥有许多许多厨房，在心中，或是在现实中，抑或是在旅途中。有一个人独有的，有大家共有的，有两个人的，在我人生旅途的所有站点，一定到处都会存在。

满月——厨房II

秋末，惠理子死了。

她是被一个精神失常的男子盯上后杀害的。那人自从在街上偶遇惠理子，便对她一见倾心，于是尾随着她，发现她在一家同性恋酒吧里工作。接着，他写了一封长信，说那么美丽的一个人竟是个男人，这使他深受刺激。此后他开始每天泡在酒吧里。他越是这样软缠硬磨，惠理子以及酒吧里的人对他越是冷淡。直到一天晚上，那个人大叫着"别把我当傻瓜"，突然举刀向惠理子直刺过去。惠理子流着血，双手抓起吧台上装饰用的铁哑铃，砸死了凶手。

"……这么着算正当防卫，扯平了吧？"

据说这是她留下的最后一句话。

我——樱井美影，得知这件事已是入冬以后了。一切结束之后一直过了很久，雄一才终于给我打来电话。

"那家伙，经过了一番搏斗才死的。"

雄一上来就是这么一句。午夜一点，黑暗中，我被响个不停的电话铃声惊醒，爬起身，拿起听筒听到这么一句，完全摸不着头脑，昏沉沉的脑袋里依稀浮现出战争电影的场景。

"雄一，什么？你在说什么？"

我连连问道。沉默了片刻，雄一才又说："我母亲……啊，应该说是父亲吧，被杀了。"

我不明白，无法理解，说不出话，喘不上气。像是实在不情愿，他一点一点叙述起惠理子的死因。

我愈发难以置信，目光呆滞，听筒一瞬间离我很远。

"那……那是什么时候发生的？刚刚吗？"我问道，却根本搞不清声音是从哪里发出的，自己在说些什么。

"……不，很早以前的事了，也举行过一个小型葬礼，酒吧里的人弄的……对不起，怎么，怎么也没办法通知你。"

我像被剜去了心头的肉一样，想着：她，再也不在了。现在，哪里也都找不到她了。

"对不起，真是对不起。"雄一一再重复着。

电话里什么也说不清。我看不见那边的雄一，根本不知道他是想哭、想大笑，还是想和我倾心长谈，或是希望一个人待着。

"雄一，我马上过去，可以吗？我想和你面对面地说说话。"

"好。回去的时候我会送你的，不用担心。"雄一答应着，话语中还是听不出他内心的情感。

"那么待会儿见。"说着，我挂上了电话。

——与她最后一次见面是在什么时候来着？是笑着作别的吗？我的大脑飞速转动着。初秋时，我毅然退学当了一位烹调专家的助手，那之后很快就搬出了田边家。自从奶奶死后，孤身一人的我在田边家里，和雄一还有他那实际身为男子的母亲——惠理子，我们三人一起生活了有半年多的时光……搬走的那天，是最后一面吧？记得惠理子哭了，对我说：离得很近，周末的时候常回来看看……不对，上个月底我还见到了她。是的，是在深夜的便利店，就是那次。

半夜，我睡不着，跑到"全家便利"去买布丁，在门口遇到了刚打烊的惠理子，她和店里几个实际是男子的姑娘们正喝着纸杯咖啡，吃着大杂煮。"惠理子！"我叫了她一声，她拉着我的手，笑着说："美影你搬走之后，瘦了好多呢。"记得她那时穿着一件蓝色的连衣裙。

我买了布丁出来，却见她一只手端着杯子，目光凌厉地注视着黑夜中流光溢彩的街市。我逗她说："你的脸可像个男人呢。"惠理子脸上一下子绽放出笑容，说："讨厌。我们家的女孩儿啊，老是这么喜欢胡说，该不是到青春期了吧。""我可都是大人了。"我反驳她。店里的那些姑娘们都在一旁笑了。那之后……常来家玩啊。啊，真开心！然后我和她笑着道了别。那就是最后一面。

我不知道究竟浪费了多长时间去收拾小号的旅行牙刷套装，还有毛巾。我已经支离破碎了。我不停拉开抽屉，然后关上，又打开厕所的门看了看，一会儿还碰倒了花瓶，于是再擦地板——就这样失魂落魄地在房里转来转去，回过神，才发现手上最终一无所有。我挤出一丝笑容，告诉自己一定要镇静，然后闭上了双眼。

终于把牙刷和毛巾塞进包里，然后反复察看了好多次煤气和电话留言，这才摇摇晃晃地走出了家门。

场景迅速一转，不知不觉我已走在冬夜去田边家的路上。听着耳边叮叮当当作响的钥匙声，在星空下走着走着，眼泪止不住地汹涌而出。道路、步履，还有万籁俱寂的街市，都在眼前热烈地扭动，压得我透不过气来，痛苦不堪。我拼命吸着冷风，可是感觉吸入肺里的只有一星半点。像深藏在眼瞳深处的一个尖锐物，暴露在风中后，眨眼间变得冰冷。

平时随处可见的电线杆也好，街灯也好，停泊的车辆，还有黑漆漆的夜空，都模糊起来。一切都仿佛在热气的那方扭动着，闪烁着魔幻般的美丽光彩，冲我咄咄逼来。我感觉自己全身的能量正以不可阻挡的气势迅速离我而去，它嗖嗖呼啸着散失在夜幕中。

父母去世的时候我还是个孩子，而爷爷死的时候，我正在恋爱，然后就轮到了奶奶，我成了孤身一人。但是，与之相比，现在的我感到更加孤独。

我心底想放弃抬腿向前走，以及生存下去这些事。毫无疑问，明天总是要来的，继而是后天，没多久又是下一周，周而复始。对此，我从未像现在这样感到厌烦。一想到那时的自己也一定依然生活在愁云惨雾之中，就从心底里升起反感之情。我慢慢地走在夜路上，内心明明波澜起伏，孤零零的身影却显得如此阴郁。

好想早些摆脱这哀愁。对啊，见到雄一仔细问问他就会好的，我这样想。但是，那又能怎么样呢？还是于事无补啊。只不过像寒夜里冷雨骤歇，依旧看不到希望；更像是小小一线暗流，终究要流入更为巨大的绝望之中。

我按响了田边家的门铃，心情一团糟。一路胡思乱想使我不觉间忘了乘电梯，步行爬到了十楼，来到门口，我呼呼直喘粗气。

门里传来雄一用那熟悉的频率朝门口走来的声音。寄居在这里的时候，我经常没带钥匙就出去了，然后好几次半夜里按响门铃。总是雄一起来给我开门，摘门链的声音在夜空中回荡。

门开了，面前的雄一有些消瘦，他朝我打了个招呼。

"好久没见了。"我说，怎么也抑制不住笑容，这也让我自己感到高兴。我内心的最深处为能见到他而自然地流露出欢喜来。

"可以进去吗？"

我对愣在那里的他说。他这才回过神来，无力地挤出一丝笑容，说："嗯，当然了……那个，我本来以为你会朝我大发一通脾气的，所以有点儿意外。不好意思，进来吧。"

"你明明知道，这种事我是不会生气的。"

雄一勉强地像平常那样朝我咧嘴笑了笑，"嗯"了一声。我还之一笑，脱了鞋。

重回不久前住过的这所房子，最初心里还莫名地有些忐忑，但很快就融入熟悉的气息中，心头涌起一股独特的怀念之情。我缩进大沙发，正追忆着这里的一切时，雄一端着咖啡走过来。

"感觉好像好久都没来这里了。"

"可不是嘛。你这阵子也挺忙的啊。工作怎么样？有意思吗？"雄一静静地说着。

"嗯。现在这个阶段，什么都觉得很有趣，连削土豆皮也觉得好玩呢。"

我微笑着回答。雄一听了，放下杯子，突然切入正题说："今晚，好不容易大脑恢复正常。心想不能不告诉你，那就现在吧。这才打的电话。"

我探身呈倾听的姿态，注视着他。他说了起来：

"一直到举行葬礼，我都是稀里糊涂的。脑子里一片空白，眼前漆黑一片。那个人对于我来说，是住在同一屋檐下的唯一的亲人，既是母亲，又是父亲。从记事起就是这样子，所以完全混乱了，又有那么多事儿等我处理，每天就这样浑浑噩噩地打发日子。你看，那个人死也没死得普普通通，不管怎么说也算是个刑事案件，还牵扯到凶手的妻儿老小，店里的姑娘们全都乱套了，我是长子，不负起责任怎么行呢。我一直惦记着你，真的，常常想起你来。不过，一直不敢打电话。我害怕一通知你，所有的这一切都会成为现实。自己不得不去面对原本是父亲的母亲以那种方式结束了生命，自己成了孤零零一个人这一现实。可是再怎么说，那个人跟你也非常亲，不通知你，现在想想，怎么也说不过去啊。那段时间我一定是神志不清了。"

雄一盯着手中的杯子，喃喃说着，一副完全被击倒的神情。"好像我们身边，"——我凝望着他，冲口而出的是这样的话——"充满了死亡。我的父母、爷爷、奶奶……生你的母亲，还有，惠理子，好多啊。虽说天地之大，可也没有像我们两个这样的了。如果说我们能成为朋友纯属偶然，可真不容易呢……这个死亡，那个死亡。"

"是啊，"雄一笑了，"有想人死的，来找我们俩好了，我们就去住到那个人边上。这个生意一定不错，就叫消极职业者。"

他的笑容凄凉而又明亮，宛如消逝而去的光芒。夜越来越深。扭头望去，窗外是流光溢彩的绚丽夜色。从高处俯瞰，街市戴上了一条光做的珠串，汽车一辆辆在夜色中飞驰而过，宛如一条光河。

"终于成孤儿了。"雄一说。

"我可经历过两次了，这可不是吹牛。"我笑着说，说完，却见泪水突然从雄一眼中扑簌簌流下来。

他边用手臂抹眼睛边说："好想听你讲的笑话，真的，想听得不得了。"

我伸出双手，紧紧抱住他的头说："谢谢你给我打电话。"

我留下一件惠理子常穿的红色毛衣作为纪念。

记得一天晚上，她让我试穿过之后说，哎呀，后悔后悔，这么贵，可还是你穿着更合适呢。

雄一又递给我一份"遗书"，说是她事先藏在化妆台的抽屉里的，然后跟我说了声晚安，回自己房里去了。我一个人展开了遗书。

雄一：

给自己的孩子写信，感觉挺别扭的。可是，近来时常有不好的预感，为了以防万一，还是写了这封信。哈哈，跟你开玩笑呢，以后有空我们两个人一起笑着来看吧。

不过，想想看，我要是死了，就剩下你一个人了。你和美影也不在一起。她可让我刮目相看呢。我们没有亲戚，他们早在我和你母亲结婚的时候，就跟我们断绝了关系。我变性后，听说更是一提到我就咬牙切齿，所以不要抱什么幻想，会和那个爷爷奶奶恢复联系，明白吗？

雄一啊，世界上有各种各样的人。我真是难以理解，有些人生活在黑暗的泥潭里，故意做着惹人厌恶的事来引人注意，愈演愈烈，最终把自己逼入绝境。我真搞不懂他们的想法。不管他们多么强有力或是多么悲惨，都不值得同情。我可是拼了命乐观地活过来的。我美丽动人，我光彩熠熠。别人被我吸引，如果并非出于我的本意，也只有无可奈何，权当缴了税金。因此，我如果被杀了，那是个意外。不要胡思乱想，请相信在你面前的我。

我想，至少这封信要用男性用语来写，也很努力地尝试了，可还是觉得怪怪的。觉得不好意思，羞于下笔。当了这么长时间女人，本来还一直以为在身体的某处还有那个男性的自己、真正的自己存在，女人皮相只是我的任务。现在看来，身心都变成女人了，是名副其实的母亲啊。好笑。

我热爱自己的人生，无论是作为男人的那个阶段，还是和你母亲结婚这件事，还有她去世后变性生活下去的决定，以及把你养育成人，一起度过的快乐时光……啊，还有收留美影！那是最大的快乐！真的好想见见她呀。她也是我的宝贝孩子呀。

啊，竟这么伤感起来。

向美影问好。告诉她别再在男孩子面前去腿毛了，很难看的。你也是这么认为吧？

我的全部财产一并附在信里了。反正文件什么的你也看不明白，就去找律师谈谈吧。总之除了店之外，其余都是你的。独生子真好。

惠理子

看完信，我依照原样轻轻折好，信纸上淡淡地散发着惠理子的香水的幽香。我的心针扎似的疼。面前的香味很快也会消失掉，无论你再展开信纸多少次。这是最让我感到悲伤的。

眼前这张熟悉的沙发曾是我在这里时的床，我横躺在上面，任由哀伤的思绪纠缠。

同样的夜晚，同样地降临在同样的房间里。窗边植物的剪影一成不变地俯视着夜幕中的街市。

然而，无论怎样等待，她，都不会再回来了。

黎明时分，总会听到她哼着歌踩着高跟鞋渐渐走近，打开门。从酒吧工作回来的她，总是略带醉意，弄出吵人的响动，因而我会迷迷糊糊地醒来。然后是她淋浴的声音、拖鞋声、烧水声，听着听着，我又会安心地进入梦乡。每天如此，真令人怀念，一种近乎怪癖的怀念。

我的哭声，睡在隔壁的雄一听到了吗？还是他现在正陷在沉重而痛苦的梦魇里？

这个小小的故事，在这忧伤的夜里，拉开了帷幕。

第二天，两个人迷迷糊糊醒来时，下午已过了一大半。我不用上班，于是一边啃着面包，一边胡乱翻看报纸。这时候，雄一从房间里走出来，洗过脸，在我身边坐下，喝着牛奶说："一会儿要不要去学校看看呢……"

"所以说嘛，还是学生自在啊。"说着，我把自己的面包掰了一半给他。他说声"谢谢"，接过面包，闭着嘴咀嚼起来。我们两个就那么面对电视坐着，孤儿的感觉一下子变得那么真实，心里不禁一阵酸楚。

"你呢？今晚回去吗？"雄一站起身问我。

"嗯……"我想了想说，"吃完晚饭再回去吧。"

"太棒了！有专业厨师做的晚饭吃了。"

这倒是个非常不错的提议，于是我认真起来。

"好吧，就大干一场吧。拼了命也要露一手给你瞧瞧。"

我绞尽脑汁想着豪华菜谱，然后写下所需的全部材料，塞给他。

"你开车去。这些全要买回来。都是你爱吃的，等着瞧，撑死你。可早点回来啊。"

"哎呀呀，像个新娘似的。"雄一嘀咕着，走了。

关门声响起，终于剩下了我一个人，这才发现我已是疲惫不堪。房间里悄无声息，寂静得让人感觉不到时间在一秒一秒地逝去。它酝酿了一种静止的氛围，让我为只有自己一人活着并且在活动而感到歉疚。

人去世后的房间总是这样。

我把自己埋在沙发里，漫无目的地注视着落地大窗之外初冬灰蒙蒙的天空笼罩下的街市。

这片小街区的所有一切，公园、小路，都经受不住像雾一样无孔不入的冬日滞重的冷气，都被压得喘不过气来，我想。

伟大的人物只要存在就会发光，照亮周围人们的心灵；消失的时候，必将会投下重重的影子。惠理子的伟大，虽然也许微不足道，但的确是存在过又消失了的。

歪倒进沙发，白色天花板曾给予我慰藉的那段记忆倦倦地袭上心头。奶奶刚去世的时候，在雄一和惠理子都外出的午后，我也经常这样一个人看着天花板发呆。是啊，奶奶死了，和我有血缘关系的最后一位亲人也失去了，我觉得自己那么不幸；并且我确信痛苦不会再加深了，怎知雪上还会加霜。惠理子对于我，是一个巨大的存在……她让我认识到尽管的确存在着幸运与不幸，但整日纠缠于此未免太过任性。虽然这种想法并不能减轻我的痛苦，却使我从中获益，自从意识到这一点，我强迫自己长大，至少学会了让不幸与普通生活和平共处。这使我活得不再那么艰辛。

而也正是因此，现在我的心情是如此沉重。

西边的天空中，灰褐色的云层被染成淡淡的橙黄，正一点点扩散开去。漫长而又寒冷的夜晚即将降临，来入侵我心底的空洞。——倦意袭来，"现在睡，会做噩梦的。"我脱口而出，站起身。

还是去久违的田边家的厨房看看吧。站在厨房里，一瞬间，惠理子的笑脸浮现在眼前，心口禁不住针扎似的疼，可我还是想活动活动身体。厨房看起来有一段时间没用了，有些脏，黑乎乎的。我动手打扫起来，蘸着洗涤粉用力刷水槽、擦灶台，再把微波炉的托盘洗干净，把刀擦亮，然后把抹布都洗好漂净，放到烘干机里。看着烘干机轰轰地转，才慢慢明白一颗心实实在在踏实了。真是不可思议，我怎么会这么酷爱厨房的工作呢？就像热爱烙印在灵魂深处记忆中的遥远的憧憬一样爱着它。站在这里，一切都回到了原点，某种东西又回到了我身上。

这个夏天，我集中精力自学烹饪。

那种感觉，那种头脑中细胞增加的感觉让人有些难忘。

我买来讲基础的、理论的和应用的整整三大本书，一个一个学着做。坐在车上，躺在沙发床上，看着理论基础，背诵着热量、温度、材料什么的。之后，只要一有空，就在厨房里实践。那三本书现在都破烂不堪了，可我还是珍藏在手边。就像小时候爱看的绘本一样，那照相凹版印刷的彩页，时常浮现在脑海里。

美影整个儿疯了。真的呢。雄一和惠理子常常这样议论我。我的确像个疯子一样，整个夏天都在疯狂地做着，做着，做着。我把打工赚的钱全都投进去了。失败了，就重做，直到成功为止。为了它，我发过脾气，焦躁过，相反地，也从中获得过慰藉。

回想起来，我们三人也因此得以经常聚在一起吃饭，那是一个多么美好的夏天啊。

晚风透过纱窗吹进来，窗外是辽阔的淡蓝色晴空，暑热未消。我们一边欣赏着窗外的景致，一边吃着炖猪肉、冷面，或是西瓜色拉。无论我做什么吃的都一副大喜过望表情的惠理子，还有默不作声闷头狼吞虎咽的雄一，我是为他们而做的。

馅塞得满满的蛋包饭、令人赏心悦目的炖菜、油炸食品等等这些东西——学会它们的做法用掉了我很长时间。我从没想到，我的障碍在于性格上的毛躁，而它竟然会对菜肴产生那么大的负面影响。我常常等不及温度升到一定高度或是水全部沥干就动手，就是这样一些我认为是细枝末节的问题，最终却毫不含糊地反映到菜肴的色和形上，不禁使我愕然。这样的成果，即便能够称得上主妇做的晚餐，却绝对无法与照相凹版印刷的那些菜肴的照片相媲美。

无奈之下，我决定事无巨细都细心对待：仔细擦干净碗碟，每次用完都盖好调味盒的盖子，沉下心来考虑好顺序，急躁不安的时候，停下手，做做深呼吸。最初曾因焦躁而绝望过，但突然发现有一天一切都开始纳入正轨的时候，感觉就像连自己的性格都发生了变化！尽管只是自欺欺人而已。

能找到现在这份烹饪助理的工作实在不易。老师是一位有名的女性，她不仅在培训班里教授烹饪，还有许多电视、杂志上引人注目的工作。我通过了考试。后来听说当时应聘者中通过考试的人多极了……作为一个初出茅庐的新手，经过一个夏天的努力能进入那种地方，我觉得自己幸运之极，有些沾沾自喜。但当看到那些来班上学习烹调的女人们时，我才恍然大悟，我与她们在学习态度上存在着本质的不同。

她们生活在幸福之中。无论怎样学习，都不会跨出幸福的范围之外，她们接受的教育就是如此。而或许教育者就是她们慈爱的双亲吧。因而她们并不懂得真正的快乐，不懂得抉择优劣。她们只是单纯地去完成自己的人生，认为幸福就是极力避免孑然一身的感觉。我也希望会有那样的人生，穿上围裙，展开如花般的笑颜，学学烹调，投入激情，带着烦恼或迷惘谈场恋爱，然后步入婚姻殿堂。那是多么令人向往的人生啊！美妙又温馨。尤其当我极度疲倦，或是脸上长痘，抑或在寂寞的夜里四处打电话却找不到一个朋友的时候，我就会厌恶起自己的人生、自己的出生、长大，这一切的一切，所有的事都让我懊悔。

但是，在那厨房里度过的夏日无比幸福。

烫伤还有割伤并没有令我畏惧，熬夜我也不以为苦。每天都充满期待，跃跃欲试，因为到了明天又可以迎接挑战。做萝卜糕的顺序，我记得滚瓜烂熟，萝卜糕里倾注了我灵魂的碎片；在超市里发现的红彤彤的西红柿，我视之如珍宝。

就这样，我体会到了快乐，且已无法回头。

我不断提醒自己，我会在不知什么时候死去。否则我就不会有活着的感觉。这一想法引导我走向现在这样的人生。

黑暗中深一脚浅一脚走在悬崖边，终于走上了大道，长舒一口气。而当身心俱疲，感觉已达极限，抬头仰望，明月的美丽令人为之动容。对于这种异乎寻常的美，我深有体会。

打扫干净，做好准备，已是入夜时分了。

门铃响了，与此同时，雄一抱着一个大塑料袋，一脸苦相地推开门，出现在门口。我迎了过去。

"真不敢相信。"他说着把袋子重重地放到地上。

"怎么了？"

"你说的东西都买了，结果一看，一个人根本拿不上来，太多了。"

是吗。我点点头，原本打算置之不理的，看雄一真的生气了，没办法，只好和他一起下楼到停车场去。

车里面还有两个庞大的购物袋，光从停车场里面搬到入口就要费尽九牛二虎之力。

"当然，我也买了好多自己要用的东西。"雄一抱着较重的一个袋子说。

"什么东西？"

我朝抱着的袋子里看了看，里面除了洗发水和本子之外，还有很多软罐头食品。可见他最近吃的就是这些东西。

"……这些，你多拿几次不就行了。"

"你也来搬，一次不就搬完了吗。看，月亮多美！"雄一扬起下巴，指了指冬夜空中的明月。

"哎呀，真的呢。"

我揶揄道。临进大门，我又不禁回头瞥了一眼依依多情的明月，只见月轮渐满，银辉皎皎。

站在上行电梯里，雄一又说："还是有关系的吧。"

"什么关系？"

"欣赏过这么美的月色，肯定会对你做菜有影响吧。我不是说做'赏月乌冬面'那样间接的关系。"

"叮咚"一声，电梯停了。我的心一瞬间变成了真空。我一边走着，一边问他："你是指更本质性的？"

"就是就是，人性方面的。"

"有影响，一定有影响的。"

他话音未落，我就立即接口说。如果这是《百人猜谜游戏》节目现场的话，"有，有"的喊声会像怒吼声一样响彻会场吧。

"被我说中了。我一直以为你是要当艺术家的，私下以为对于你来说，菜肴就是艺术。看来，你是真的喜欢厨房的工作啊。这也很好啊。"他一个人不住点着头，表示理解。最后几句声音低得几乎更像是在自言自语了。

我笑了，"你真像个小孩儿。"

刚才的真空蓦地变成一句话从脑海中掠过："只要有雄

一你，我什么都不需要。"

虽然只是转瞬即逝，却如同一道强光划过眼前，晃得我为之目眩。我困惑不已，心中满是这句话的影子。

做晚饭用了两个小时。

这中间，雄一或是看看电视，或是削削土豆皮。他的手很巧。

对于我来说，惠理子的死讯还在遥远的他方，是我无法正视的黑暗现实，此刻它正乘着惊惧的暴风雨一点一点在向我靠近。而雄一呢，就是滂沱大雨中的杨柳，垂头丧气，一蹶不振。

因此，我们两个就算聚在一起也故意回避谈论惠理子的死亡，恍惚间一次次模糊了时间与空间的界限和概念。现在要做的只有两人待在一起。没有其他的事，没有未来，只有一个安宁的空间温暖着我们。然而，虽然我无法表述清楚，但有种感觉，觉得我们一定会为此付出代价。这种预感强烈而令人恐惧。它的强烈反而使我们两个身处孤独阴霾中的孤儿情绪高昂起来。

当夜色深至透明，我们开始吃起做好的巨量晚餐。有色拉、派、炖菜、油炸丸子，还有油炸豆腐、凉拌青菜、鸡肉拌粉丝、红菜汤、咕咾肉、烧卖……哪国菜都有。我们毫不在意时间，尽情喝着红酒，把菜全都吃光了。

雄一竟然一反常态，喝醉了。这点儿酒就……我觉得奇怪，往地板上一看，才发现一个空酒瓶躺在那里。我心里一紧，看样子像是在我做饭期间喝光的，不醉才怪。我惊讶地问他："雄一，这一整瓶都是你刚才喝光的？"

他仰面躺在沙发上，咯吱咯吱嚼着西芹"嗯"了一声。

"一点都不上脸呢。"

听我这么说，他突然满脸悲戚。喝醉酒的人可不好应付，于是我问他："怎么了？"

他神情严肃地说："刚才的话，印象太深了。这一个月来大家都这么说我。"

"大家？是学校里的人吗？"

"嗯。"

"这个月你光喝酒了？"

"嗯。"

"怪不得想不起给我打电话呢。"我笑他。

"电话看上去亮闪闪的，"他也笑笑说，"晚上，喝醉回来的时候，电话亭不是有亮光吗，黑漆漆的路上，老远就能看得见。啊，一定要走到那儿，去给美影打电话。电话号码是 ×××－××××，我都翻出电话卡，进电话亭了，可又一想，现在自己在什么地方，打了电话要说些什么，就一下子不耐烦起来，电话也不打了。然后回家一头倒在床上，睡着了就做梦，梦见你在电话里哭，生我的气。"

"哭着朝你发脾气，是你自己想象的吧。百思不如一试。"

"是啊，一下子变得这么幸福。"

又听他声音充满倦意，断断续续地说起来，大概连他都不清楚自己在说些什么。

"母亲不在了，你还来到这里，来到我跟前。我本来已经做好心理准备，要是你来冲我发火，跟我绝交，也是没办法的啊。那时候我俩一起住在这里的日子，想起来就不好受，以为再也见不到你了……我从前就一直喜欢有客人住在我们家的沙发上，铺着崭新洁白的床单。明明在自己的家，感觉却像在旅途中一样……最近我自己也没有正正经经吃顿饭。有几次打算做饭来着，可是食物不是也发光的吗。吃掉了，光不是就没了？觉得太麻烦了，索性光喝酒。我一五一十对你明说的话，或许你会待在我身边，不回去了，至少有可能会听听我的唠叨。那该多幸福啊！可是这种期待又让我害怕，害怕得不得了。要是期待落空了，你朝我大发脾气，我可真是独自一个人被推进深更半夜的无底深渊里去了。我的这种心情，怎么说才会让你明白，我没有自信，也没有耐性啊。"

"你这个人呀，真是的。"

我嘴上在嗔怪他，目光中却禁不住流露出爱怜。岁月横在两人之间，如心灵感应般，瞬间，我们对彼此有了深刻的理解。我的这种复杂心情，眼前的这个大醉猫似乎也感应到了。他说："能永远都是今天就好了。真希望今夜永远不会结束。美影，一直住在这里吧。"

"住下也行，"反正我想他是酒后胡言乱语，就尽量柔声细气地说，"惠理子已经不在了。我和你住在一起，算是你的恋人，还是朋友？"

"把沙发卖了，买张双人床吧。"他笑了，然后相当坦率地说，"连我自己也弄不明白。"

他这份奇异的坦诚反倒打动了我的心。他又继续说："现在我根本没有办法去想别的什么。你对于我的人生来说意味着什么？我自己今后会有些什么改变？未来和从前，哪里会有什么不同？以上这一切，我都是毫无头绪。要想也行，可我现在这副样子，根本也静不下心来考虑，没法做出决定。一定要尽早走出去。我也好想尽早走出去啊。现在，不能把你卷进来呀。我们两个人一起待在死亡阴影的正中央，你不会快乐的……或许只要我们俩在一起，这种情形就永远不会改变。"

"雄一，不要想那么多，顺其自然吧。"我带着哭腔说。

"是啊，明天一觉醒来，肯定全忘了。最近一直都是这样，没有什么会持续到第二天。"

雄一翻身趴在沙发上，说完之后又咕哝了一句，真难办呐……夜里的房间一片静寂，好像在倾听雄一的话语。我一直觉得，这个屋子似乎也因惠理子的离去而变得不知所措。夜深了，夜幕重重压在心头，让人觉得找不到可以帮忙分担的对象。

……我和雄一，偶尔像在漆黑一片的暗夜里登临细细的梯子顶端，一起朝下面地狱的油锅里张望。热浪扑面而来，令人头晕目眩，我们紧盯着猩红的火海沸腾翻滚。站在我们各自身边的的的确确是世界上最亲的、无可替代的朋友，可是我们两个人却无法牵手。无论如何胆怯，都要靠自己的双脚站立，这是我们拥有的共性。但是，看着他被熊熊烈火映照出的不安的侧脸，我总是在想，或许这才是真实的。从平常人的观点来说，我们之间并不是一个男人和一个女人的关系，然而从远古洪荒的角度来看，我们是真正的男人与女人。但不管怎样，我们所处环境太过恶劣，不是人和人可以编织和平乐园的地方。

——这又不是灵感占卜。

我正一本正经地沉浸在幻想之中，蓦地想到这，不禁哑然失笑。

　　——看呐，有一对男女正看着地狱的油锅，准备双双殉情呢。

　　——两个人的恋情也跟着下地狱喽。

　　——自古就有啊。

　　我这样胡思乱想着，更是抑制不住笑意。

　　雄一就那么趴在沙发上酣然入睡。他睡着的脸庞上洋溢着幸福，似乎在庆幸能够比我早些入睡，连我给他盖被子也丝毫没觉察。我起身去洗一大堆碗碟，尽量不让水声吵醒他，泪水不断地涌出来。

　　伤心，当然不是因为要一个人洗这么多东西，而是因为自己孤零零地被抛弃在了这寂寞得叫人麻木的深夜里。

　　第二天白天要上班，我调好了闹钟。听见丁零零的烦人铃声响起，伸出手，却发现原来是电话在响。我抓过听筒。

　　"喂喂。"刚说完，猛然惊觉这里是别人家，于是我慌忙又加了一句，"这里是田边家。"

　　却听"咔嚓"一声，电话挂断了。啊，是个女孩吧……我睡得脑袋迷迷糊糊，过意不去地看看雄一，他还在呼呼大睡。算了，就这样吧。于是我收拾好，悄悄出门上班去。今天晚上要不要回这里来呢？这个问题还是留到白天慢慢烦恼去吧。

　　好容易来到上班的地方。

　　大楼中的一整层全是这位老师的工作室，有上课用的烹饪教室，还有摄像室。老师此刻正在事务室里翻阅报刊上的报道。她还很年轻，烹饪技艺却是一流，是一位品位绝佳、待人和善的女性。今天她是一见到我就嫣然一笑，然后摘下眼镜开始给我布置工作。

　　烹调课下午三点开始，之前有许多准备工作要做。今天我只要帮忙把准备工作做完就可以离开了。课上的主要助手由另外的人担任。也就是说，不用等到傍晚就可以结束工作了……想到这，我有点走神，这时，另一个指示适时地接踵而至。

"樱井，后天起有个采访，要去伊豆住三晚。能跟我一起去吗？挺突然的，不好意思。"

"伊豆？是杂志方面的工作吗？"我一愣。

"是啊……其他女孩都有事。计划是介绍当地旅馆的各色名吃，还要对制作方法稍加解说。怎么样？可以住豪华旅店或是酒店，安排单间……希望能尽快给我答复。今天晚上……"

还没等老师说完，我立刻回答说："我去。"所谓的一口应承就是如此吧。

"真是太好了。"老师笑了。

去烹饪教室的途中，突然发现心情变得那么轻松。眼下，离开东京，离开雄一，暂时远行，应该是个好主意。

推开门，典子和栗子已经在里面着手准备工作。她们比我早一年来到这里当助手。

"美影，伊豆的事听说了吗？"一看见我，栗子就问。

"好棒啊！听说还有法国大餐呢。而且还有好多海鲜。"典子微笑着说。

"不过，怎么会让我去的呢？"我问她们俩。

"对不起啊，我们两个人都预约了练习高尔夫球，去不了。不过，要是你有事，我们当中一个就不去练了，是吧，栗子，这样可以吧？"

"是啊，所以，美影，你直说好了。"

她们两个诚心诚意地说着，我笑着摇摇头，"不用了，没关系。"

听说她们两人是同一所大学的，然后一起被介绍到这里。当然，学了四年烹调，是内行。

栗子给人的感觉活泼可爱，典子则是位漂亮小姐。两人十分要好。她们总是一身惹人惊艳的高贵典雅的服饰，感觉舒适得体。她们为人谦和内敛，态度亲切和蔼，很有耐心。即便在烹调界为数不少的大家闺秀类型中，她们俩身上散发出的光芒也是货真价实的。

有时候典子的母亲会打电话来，声音听起来亲切柔和得几乎让人惶恐不安。她对典子一天的安排都大致了然于心，这也让我大为诧异。世上所谓的母亲，大概就是这样的吧。

典子一边整理蓬松的长发，一边微笑着，用犹如银铃般清脆的声音和她母亲讲电话。

尽管这两个人的人生与我如此大相径庭，我却依然非常喜欢她们。

即使递给她们一把汤勺，她们也会笑着致谢；我感冒了，她们立刻担心地问我，不要紧吧？每当看到两人围着洁白的围裙站在亮光里吃吃笑着，我就忍不住想流泪：这是一幅多么幸福的画面啊。和她们共事，对于我来说，是一件非常身心愉悦的事。

材料要按人数分到盘子里，还要烧大量的水，计量好，这许许多多琐碎的工作三点之前都要做完。

阳光透过宽大的玻璃窗倾泻而下，屋子里整整齐齐排列着大型桌子，上面摆有烤箱、微波炉和煤气灶，不禁令人怀念起学校里的家政课教室。我们一边闲聊，一边快活地忙碌。

两点多的时候，突然响起了震耳的敲门声。

"是老师吧？"典子歪着头猜测，然后细声细气地招呼道，"请进。"

栗子突然叫起来："糟了，没洗掉指甲油，要挨训了。"

于是，我蹲在手提包边上找洗甲水。

就在这时，门开了，同时传来一个女人的声音。

"樱井美影小姐在吗？"

突然听到有人叫我，我吃一惊，站起身来，只见门边站着的是一个我毫无印象的女孩。

她脸上稚气未脱，想来年纪大概比我还小；个子不高，杏圆眼，目光咄咄逼人；黄色薄毛衣外面套了一件咖啡色外套；脚蹬一双驼色浅口鞋，站得笔直；腿略微有些粗，全身也是圆鼓鼓的，不过看起来颇为性感；额头不宽，但很高，刘海也梳理得整整齐齐；玲珑而丰满的轮廓中，一张红唇怒气冲冲地噘着。

虽然她并不是个令人讨厌的人……我有些困惑不解。打量了这么久仍旧丝毫没有头绪，可见事情不一般。

典子和栗子不知所措地站在我身后注视着她。无奈，我只好开口询问："对不起，请问您是哪位？"

"我叫奥野，我有话跟你说。"她扯尖了嘶哑的嗓门。

"对不起，我现在正在工作，您可不可以晚上打电话到我家里来？"

我话音刚落，她就语气强硬地逼问我："你是说田边家吗？"

我终于明白了。她一定是早上打电话的那个人。这样确信之后，我告诉她："不是。"

这时栗子在一旁说："美影，你先走吧。我们会跟老师说你要去购物，为突然的旅行做准备，帮你瞒过去。"

"不必了，马上就好。"那个人说。

"你是田边雄一的朋友吗？"我尽可能使自己语气缓和。

"是的，我是他大学同学……我今天来是有事求你。明说了吧，请你不要再纠缠田边了。"

"那要由田边来决定，"我说，"就算你是他女朋友，我想也不应该由你说了算的。"

她气得脸嗤的一下红了，诘问我："可是你不觉得奇怪吗？你说你不是他的女朋友，却毫无顾忌地到他家去，又住在他家里，不是太放肆了吗？比同居更过分啊。"泪水在她眼眶里打转，"你曾跟他共同生活过，跟你相比，我确实不太了解田边，只不过是他的同学。可是我一直在以自己的方式关注他，喜欢他。田边最近因为母亲去世，很消沉。很早以前，我就跟田边坦白过我的感情，当时他说，可是美影……我问他，她是你女朋友？他想了想，让我不要多问。那时候，全校都知道有个女人住在他们家，所以我就死心了。"

"我现在不住那儿了。"

我适时地回敬她一句。她打断我，又继续说："可是，你一点没有承担起恋人的责任，只是一味享受恋爱的甜蜜，弄得田边无所适从。就是你整天甩着细细的手脚，长发飘飘、女人味十足地在田边跟前晃来晃去，才弄得田边越来越油嘴滑舌。总是那么不负责任、若即若离的很舒服是吧？可是，恋爱不就是要照顾别人，是件很辛苦的事吗？而你光逃避责任，摆出一副若无其事的样子，仿佛什么都看透了……真是的！请你离开田边吧。求你了！有你在，田边哪儿也去不了。"

　　虽然她的分析指责很大程度上出于她的私心，但是那犀利的言语相当准确地戳到了我的痛处，戳得我的心伤痕累累。见她张嘴还想继续说些什么，"够了！"我叫起来。她吓一跳，闭上了嘴。我告诉她："你的心情我可以理解。不过人活在世上，自己心里的烦恼都要靠自己解决……刚才你所说的那些，只有一点，就是没有考虑到我的心情。你刚刚才见到我，你怎么就知道我什么也没有考虑过呢？"

　　"你说话怎么能那么冷酷无情呢？"她流着泪质问我，"那你是说，就你那种态度，还说一直喜欢田边？难以置信。你趁他母亲去世，马上搬到他家去住，手段也太卑鄙了！"

　　无奈的忧伤慢慢涨满我的心湖。

　　雄一的母亲原本是男人；我被他们家收留的时候，是处于怎样的精神状态；现在我和雄一之间的关系是怎样的复杂脆弱，这些她都无心理会，她只是来诘难我的。因此她会早上打过那个电话之后，立刻着手调查我，查到我的工作地点，记下地址，然后大老远坐车过来——尽管这样并不能使她得到希冀的爱情。这一切是何等悲哀、无助、令人黯然神伤的一种行动啊。看着她无名火起、怒不可遏地冲进这个房间，想象着她每天的心情，我不禁从心底里感到无尽的悲哀。

"我自认为也是一个具有感受性的人，"我说，"我也同样遭受着不久前失去朋友的痛苦，我的伤痛跟别人完全一样。再说，这里是工作的地方，我们正在工作，如果你还有什么话要说……"

其实我想对她说打电话到我家的，却说出了"我哭着举刀砍你，行吗"，说完连自己也觉得太过凶狠。她狠狠地瞪着我，冷冷地抛下一句"要说的我都说了，再见"，就嗵嗵嗵大踏步冲向门口，"咣"一记，摔门而去。

这次利益完全对立的会面就这样不欢而散。

"美影，你绝对没错！"栗子来到我身边，担心地安慰我。

"可不是，那个人真够怪的。可能是醋吃多了，精神有问题呢。美影，打起精神来。"典子注视着我亲切地说。

我伫立在午后洒满阳光的烹调室里一动不动，心里放声大笑起来。

因为牙刷和毛巾都还放在田边家里，所以傍晚我又回到他家。雄一好像出去了，不在。我随便弄了份咖喱饭吃起来。

对我来说，在这里做饭、吃饭，是再自然不过的事了。正当我呆呆地回味着内心的这个自问自答时，雄一回来了。"你回来啦。"我说。尽管他对今天下午的事一无所知，也没过错，可我就是无法直视他的眼睛。"雄一，后天我有急事要去伊豆出差。另外，出门的时候家里乱糟糟的也没收拾，所以我想今天回去收拾好再走。啊，还剩了些咖喱饭，你吃吧。"

"噢，这样啊。那我开车送你回去吧。"雄一笑了。

——车，开动了。街市向后滑去。再过五分钟，就到我的住处了。

"雄一。"我叫他。

"嗯？"他手握方向盘，说。

"那个，去，去喝杯茶吧。"

"你不是着急回去收拾行李吗？我倒无所谓。"

"没事儿，现在特别想喝杯茶。"

"好，那就去。要去哪儿？"

"唔——啊，就那家美容室上面的红茶馆，就那里吧。"

"在市郊，远了点吧。"

"可是那里感觉好。"

"好，就去那儿。"

尽管不明原委，他却异常温柔。看我情绪不佳，大概提议现在马上去阿拉伯看月亮，他也会点头应允。

那家小店在二楼，非常安静敞亮，四周是雪白的墙壁，暖气开得很足。我们走到最里面的一张桌子，相对坐下。没有其他客人，室内幽幽地回荡着电影配乐。

"雄一，想想看，你不觉得这是第一次我们俩一块儿来茶馆？想想真的太不可思议了。"我说。

"是吗。"

雄一瞪大眼睛。他要了一杯伯爵茶，散发着一股让人讨厌的怪味。这让我想起以前在他家的时候，半夜经常可以闻到这股类似香皂的味道。在悄无声息的深夜里，我关低了声音看着电视，雄一从房间里走出来泡茶。

在如此恍惚不定的时间与情绪的变幻中，五感刻印上了各色各样的历史点滴。这些微不足道却又无可替代的回忆，在这冬日的茶馆里突然间从沉睡中被唤醒。

"印象中老是和你一起大口喝茶，应该不会是第一次吧。被你这么一说，想想还真是呢。"

"是不是挺奇怪的？"我笑了。

"我现在啊，对什么都反应不过来。"雄一注视着装饰台灯的灯光，目光悠远而深邃。"一定是太累了。"

"当然了，那是正常的。"我略感诧异。

"美影，你奶奶去世的时候，你也是身心疲惫吧。现在我能记起来了，看电视的时候，我问你在演什么，抬头看看坐在沙发上的你，经常一脸茫然，好像什么也没想……你那时的心情，现在我完全可以理解了。"

"雄一，我，"我说，"我真的很高兴，看你能像现在这样打起精神、坚强起来，平心静气地跟我说话。我几乎要为你自豪呢。"

"什么呀，跟说日本式英文似的。"

灯光映在他微笑的脸庞上，藏青色毛衣下的肩膀在颤动。

"如果，有什么我……"我原本想说，有什么我可以做的，别客气，但又中途打住了。我们俩曾在这个十分明亮温馨的地方，面对面喝着热气腾腾的可口的茶——但愿此刻闪光的记忆能带给他慰藉，哪怕只是一点点。

而言语总是过于直露，会抹杀掉那微弱光芒的珍贵。

从店里出来，澄澈的靛蓝色夜幕已经落下。寒气逼人，冷彻肌肤。

上车的时候，他总是细心地为我打开另一面的车门，等我上车后再坐进驾驶室。

车发动起来了，我说："现在很少有男人给女人开门了呢。你可能算很有风度啊。"

"是被惠理子教育的。"他笑着说，"我不那样，她总会生气，很久都不肯上车。"

"可她自己也是个男人啊。"我也笑了。

"就是就是。她自己也是男的呢。"

唰——沉默像幕布一样落下。

街市披上了夜纱。车辆停下来等待绿灯，挡风玻璃前来来往往的行人，无论公司职员还是白领丽人，无论年轻人还是老人，看起来都神采飞扬，光彩照人。此时此刻，大家裹着毛衣、外套，在寒冷的夜幕中，纷纷静静地奔向各自温暖的目的地。

……忽然想到雄一也为刚才那个可怕的女人打开车门，系着的安全带一下子莫名地勒紧，紧得我喘不过气来。啊，这就是所谓的嫉妒吧。明白了这一点，我不禁愕然。就像幼儿初次感到疼痛一样，我第一次体会到了这种滋味。失去了惠理子，我们俩飘荡在如此黑暗的宇宙中，沿着光河奋力前行，去迎接即将来临的一个高峰。

我知道。空气的颜色、月亮的形状、车窗外飞驰而过的夜空的黑色都这样预示着。楼房和街灯都在射出苦闷的光。

车在我家楼前停下。

"等着你带礼物给我。"

雄一说。今晚他将一个人回到那所房子里。回去后的第一件事一定是给花浇水吧。

"是要鳝鱼饼吗？"我笑着问。路灯的微光中隐隐浮现出雄一的侧脸。

"鳝鱼饼？那种东西东京站的 KIOSK 也有卖的。"

"那……就茶吧，还是。"

"唔，腌山葵菜怎么样？"

"啊？那个不好吃。你觉得好吃？"

"我也只喜欢吃里面的青鱼子。"

"那就买它吧。"我笑着打开车门。

冷风呼地一下吹进温暖的车内。

"冻死了！"我叫起来，"雄一，好冷好冷好冷。"说着，紧紧搂住他的胳膊，把头埋进他的怀里。他的毛衣散发着一股落叶的气味，暖洋洋的。

"伊豆一定比这里暖和些。"说着，几乎是反射性地，他用另一只手抱住我的头。"去几天？"他一动不动地说着，声音直接从他的胸口传来。

"四天，住三晚。"我轻轻离开他说。

"我想，到了那个时候，情绪一定会好一些，到时再一起出去喝茶吧。"

他看着我笑了。我点点头，下了车，朝他挥挥手。

目送着他的车，我想：今天发生的不愉快，权当没有发生过吧。

与她相比，无论我是赢是输，又能向谁倾诉呢？谁占据优势，只要无法统计总分，就没人清楚。而且，世界上也没有一个衡量的基准，尤其身处这冰冷的寒夜中，我更加无从判断。根本理不出头绪。

有关惠理子的回忆又涌上心头，那个可怜至极的家伙。

那个在窗边摆了许多植物养着的人，最初买的是一盆菠萝盆栽。

记得什么时候听她这样讲过。

那是个大冬天。

惠理子对我说。

美影，那时，我还是个男人呢。

是个仪表堂堂的男子汉，不过是个单眼皮，鼻梁也比现在低。还没做整形手术呢。我都已经想不起来自己那时的模样了。

那是个略带凉意的夏天的清晨。雄一在外过夜，不在家。惠理子从店里回来了，给我捎回一份肉包子，是客人给的。我照常一边聚精会神地看着白天录好的烹调节目，一边做着笔记。黎明时分的蓝色天空中，由东向西正渐渐渲染开一抹微白。我说，特地拿回来的，现在就吃吧。于是我把包子放进微波炉，泡好一壶茉莉花茶。就在这时，惠理子对我说了上面一段话。

我觉得很意外，想她一定是在酒吧遇到什么不顺心的事了，就这么迷迷糊糊地听着。她的声音听起来就像回荡在梦中。

那是很久以前，雄一的母亲快去世时候的事了。哦，不是说我，是说他的生身母亲，我的妻子，那时我还是男人。她得了癌症，病情一天比一天恶化。毕竟相爱一场，所以我死缠着邻居，托他们照顾雄一，每天都去探望她。那时我在公司上班，上班前、下班后的时间，我都陪着她。星期天也把雄一带去，不过他那时候还很小，不懂事……那时候确信她没希望了，不管是多微小的事，对于我们来说都叫绝望。每天都暗无天日。虽然当时没觉得有那么严重，不过，的确是一团糟。

简直像在讲述什么甜蜜故事，她低垂下睫毛，说着这些。蓝色空气中的她显得凄美绝伦，让人为之震颤。

一天，妻子对我说："病房里有个有生命的东西就好了。"

她说，要有生命的，跟太阳有关的，植物，植物不错。买个不用多费心的、花盆大大的吧。妻子平常不太求我什么事儿，听她提出这个要求，我开心地冲到花店。那时候我毕竟是个男人，根本搞不清什么垂榕啦非洲堇啦，心想买仙人掌总不太好，于是买了一盆菠萝。因为上面结着小小的果子，一看就明白。我把它抱回病房，她大喜过望，一遍遍谢我。

终于，她的病到了晚期，在她昏迷不醒前三天，我要回家的时候，她突然对我说，把菠萝拿回家吧。表面上她的病情还并没有到不可救药的地步，当然我也没有告诉她是癌症，可她低声呢喃着，像是在临终托付。我吓了一跳，对她说，管它会不会枯，还是放在这里吧。可是妻子哭着求我，说她也不能给它浇水，又是南方过来的植物，生机勃勃的，趁着还没沾染上死气，把它拿回去吧。没办法，我只好把它拿回家，是抱着回来的。

虽说我是个男人，却哭得一塌糊涂。那天冷得要死，我却不好意思坐出租车。大概就是那个时候，我第一次萌发了不想做男人的念头。不过，稍微平静之后，我步行走到车站，在一家小酒馆喝了点酒，然后决定坐电车回去。大晚上的，站台上没大有人，冷风飕飕，要把人冻僵。我紧紧抱着花盆，脸贴在菠萝尖尖的叶子上，打着哆嗦——心里默念着，在这世上，今晚只有这株菠萝和自己相依为命了。我闭上眼睛，任由冷风呼啸而过，任由寒气侵袭，只想着，我们这两个生命同样凄惨……妻子，那个与我最相知相爱的人，却要抛下我和这株菠萝，与死神携手而去了。

之后没多久，妻子死了，菠萝也枯了。我不懂得照料，浇水浇得太多了。我把菠萝扔到了院子角落里。虽然嘴上说不清楚，我心里却真正明白了一件事。说起来也很简单，世界并不是因我而存在的。所以，不幸降临的几率绝不会变，也是自己所不能决定的。因此，我斩断其他的事情，决定痛痛快快地活下去……就这样，我变了性，成了现在的样子。

记得那时的我虽然听懂了她这番话语的用意，却总无法深刻体会，还曾疑惑过："所谓的快乐就是如此吗？"但现在的我清楚明白得险些要呕吐。为什么人竟是这样无法选择？即便像蝼蚁一样落魄潦倒，还是要做饭，要吃，要睡。挚爱的人一个接一个死去，自己还是必须活下去。

……今夜又是一个黑漆漆、令人窒息的夜晚，又要各自与令人万念俱灰的沉重的睡眠进行艰苦斗争了。

第二天一早，晴空万里。

早晨，我正收拾旅行用品，洗着衣服，电话响了。

十一点半，谁会在这个时间打电话来？

我思忖着接起电话，传来一个高亢而嘶哑的声音。

"哎呀，阿影吗？好久不见！"

"知花吗？"

真有些出乎意料。电话是从街上打来的，夹杂着嘈杂的汽车声，但她的声音清晰可闻，不禁让我想起她的身影。

知花是惠理子那家店的负责人，也是个变性人，过去常在田边家留宿。惠理子死后，她接手了那家店。

"她"，虽是这么称呼，但与惠理子相比，知花怎么看给人的印象都不可否认是个男人。好在她长着一张容易上妆的脸，身材细长高挑，服装十分华丽合体，为人也很温和。曾有一次，地铁里一群小学生恶作剧，把她的裙子掀了起来，结果她就一直哭个不停。她就是这么一个胆小的人。虽然不太愿意承认，但是和她在一起的时候，总感觉我才更具男性气概。

"喂，我呀，现在在车站附近，能出来一下吗？我有话跟你说。午饭吃了吗？"

"还没有。"

"那就马上来更科吧。"

她风风火火地说完，挂断了电话。没办法，我只好放下要晾晒的衣物，匆忙出了门。

阳光灿烂，街上没有一片荫翳。我急匆匆走在冬日正午的大街上。一走进她指定的那家站前商业街上的荞麦面馆，就看见她正吃着油渣荞麦面等我，身上穿一套运动装，活像民族服装，夸张得恐怖。

"知花。"

我朝她走过去，她大声叫起来："哎呀，好久不见了！越来越有女人味了呢，都让人不敢靠近了呢。"

我心头一热，与其说是羞怯，不如说是阔别已久的亲切感更为贴切。她满脸洋溢着笑容看着我。那笑脸如此毫无顾忌，似乎无论走到什么地方都不会羞怯脸红。我从来没有在别的地方见到过。我有些不好意思，大声叫了一份鸡肉面。店里的大婶急急忙忙跑过来，咚的一声放下一杯水。

"有什么事？"吃着面，我开口问她。

以前她经常说有事找我，结果却总是小题大做，没什么正经的。所以我想这回大概也是如此吧，却见她神神秘秘地压低嗓音说起来——

"是雄一的事。"

我的心脏"咯噔"跳了一下。

"那孩子昨天夜里来店里，嚷着睡不着，说心情不好，让我陪他去什么地方散散心。啊，你别误会，我是看着他长大的，我们之间没有不正常的关系，就像是母子，对，母子。"

"我知道。"

我一笑，听她又继续说："我给吓了一大跳呢。虽说我傻里傻气的，不太会琢磨别人的心思……可是那孩子从不让人家看到他软弱的一面的。眼泪是常流，可不缠人。但那天他翻来覆去地说，说去什么地方吧。那么无精打采，像是就要那样消失掉了。我真想陪着他，可是现在店里翻修，大家情绪都不稳定，离不开啊。见我说了几次不行，他就垂头丧气地说，那就一个人去吧。不过，我给他介绍了一家认识的旅店。"

"……哦，哦。"

"我开玩笑说，跟美影去吧！真的只是开玩笑。可他一脸严肃说，'那家伙要到伊豆出差。而且，我也不想再把她卷到我们家的事里来了。现在她好不容易生活走上正轨，不合适。'我一下子反应过来，你说，那不是爱情吗？是，绝对是。我知道雄一去的旅馆的地址和电话，美影，去追他，追他回来！"

"知花，"我说，"我明天的旅行，是工作上的事。"

我受到了极大的震动。

我明白了，清清楚楚地明白了雄一的心情。我想我是明白了。他现在有比我强烈几百倍的愿望，想到远方，到一个不需要思考的地方去，孤身一人，逃离一切，其中也包括我，或许暂时不打算再回来。一定是这样的，我确信。

"工作算什么！"知花探身对我说，"这种时候，女人能做的只有一件事。还是，不会吧？难道你还是处女？还是你们两个老早就干了？"

"知花！"

我叫住她，心底却掠过这样一个念头：如果世上的人都能像知花那样就好了。在知花眼中，我和雄一比实际幸福得多。"让我好好想想。"我说，"我也是才听说惠理子的事，脑袋里还一片混乱，雄一他一定更是伤心欲绝，不能再给他添乱了。"

身旁的知花听完我的话，竟神色凝重地从面碗上仰起头说道："……可不是嘛。那天晚上，我没有去上班，没有亲眼看见惠理子死，所以现在还无法相信……可是我认识那个男人，他来店里的时候，要是惠理子能多跟我商量商量的话，我决不会让那种事情发生。雄一也很懊悔。他那么个老实孩子，看着新闻，竟铁青着脸说'杀人的家伙都该死'。雄一也成孤苦伶仃一个人了。惠理子她什么事都要自己解决，可是却适得其反，成了这么个结果。"

泪水不断从她眼眶中滴落下来，我不知该如何劝解，"啊、啊"地在一旁随声附和。说着说着，她竟哇哇大哭起来，惹得店里所有的人都朝这边看过来。她抖动着肩膀，抽噎着，泪水吧嗒吧嗒滴落在面汤里。

"美影，我好寂寞啊。怎么会变成这样呢？到底有没有上帝啊？一想到今后再也见不到惠理子了，就难过得要死。"

我带着哭个不停的知花离开那家店，搀着她高耸的肩膀向车站走去。

在检票口，知花用蕾丝手绢捂着眼睛，说了声"对不起"，把记着雄一住处地址和电话的纸条一把塞给我。

——不愧是生意场上的，依然没忘此行的目的。主次分明。

我感慨着，心痛地目送着她那高大的背影走远。

她那个人曾因自以为是而犯下大错，生活上又不检点，过去当过营业员，也干不下去等等，这些我都知道……可刚才的泪水那么动人，让人难以忘怀。人心里是藏有闪光的宝石的啊。

伫立在冬日澄澈的碧空下，我思绪翩翩，不知所措。湛蓝湛蓝的天空下，干枯树干的剪影瑟缩在风中，冷风席卷而过。

"到底有没有上帝啊？"

第二天，我依照原计划去了伊豆。

人数不多，只有老师、几名工作人员，外加摄影师，应该会是一次轻松愉快的旅行。日程安排也并不太紧。

　　果然是来对了，我想。对于现在的我来说，简直像在做梦，是从天而降的好运。

　　我像被从这半年中解放了出来。

　　这半年……从奶奶去世到惠理子死亡，这半年来，表面上我和雄一都嘻嘻哈哈的，实质上却变得越来越复杂。历经的大喜大悲使我们都无法应对，我们煞费苦心地坚持营造着一个温馨的空间，而惠理子则是闪耀在这个空间里的太阳。

　　这一切沁入我的心胸，改变了我。那个娇惯懒散的千金小姐已经消失在九霄云外，再也无处可寻，只能对镜凭吊了。

　　晴空下的风景——从车窗外闪过，我注视着窗外，呼吸着内心升腾起的漫无边际的距离。

　　……我也疲惫不堪，我也希望从雄一身边走开，让心情得以放松。

　　虽然离别对我来说万分痛苦，但那是我真实的心愿。

　　事情发生在这天夜里。

我穿着浴衣走进老师的房间，对她说："老师，我肚子饿得要死，想出去吃点东西，可以吗？"

屋里一个年纪比较大的工作人员大笑起来，说："樱井刚才什么也没吃呢。"

她们两人都已经换好睡衣，坐在褥子上，正准备睡觉。

我真的是饥肠辘辘。我对食物本没有什么挑剔的，可是那家店里所谓的招牌菜里面放了所有我讨厌的蔬菜，我只吃了几口。老师笑着同意了。

已经夜里十点多了。我吧嗒吧嗒穿过长长的走廊，先走回自己的房间，换好衣服出了旅馆。因为怕回来时被关在门外，又悄悄打开了后面紧急出口的门锁。

今天就是采访那道恐怖的菜，明天又要乘上面包车出发。走在月光下，不禁在心底里想，如果能够一辈子都像这样四处流浪该多好。如果有家人在家中等候，倒也很有浪漫情趣，可我孑然一身，陪伴我的只有无法洒脱起来的强烈的孤独。但是，我甚至觉得这样的生活方式才最适合自己。旅途的夜晚总是空气清新，令人神清气爽。反正了无挂牵，不如就这样单纯地生活下去。难办的是我已经明白了雄一的心思……如果可以不再回到那里，该有多么惬意啊。

我沿着旅店林立的街道一直往下走。

群山的黑影比夜色更为浓重，俯瞰着街市。街上许多观光客在浴衣上罩了件棉袍，醉醺醺的，大声谈笑着走过。

我心里升腾起一股奇妙的快感与兴奋。

我一个人在星空下，在一片陌生的土地上。

脚下踩着的影子在走过的一盏盏路灯的照射下，时而伸长时而缩短，不停变幻着。

我害怕喧闹，避开嘈杂的酒馆，走着走着，不觉来到车站附近。我信步浏览着漆黑的礼品店的玻璃橱窗，这时看到有一家面馆还开着门，里面有灯光。透过门上的磨砂玻璃朝里张望，里面只有一个立式吧台，只有一个客人，于是我放心地拉开拉门走了进去。

想好好大吃一顿，于是我说："来份猪排盖浇饭。"

"猪排要现炸，挺费时间的，行吗？"

店里的老伯说。我点点头。这家店是新开的，满屋飘着白圆木的清香，给人感觉舒适随意。这种地方的饭菜大都可口。等候的时候，我发现在伸手可及之处摆了一部粉红色的电话。

我伸手拿起电话，自然而然地掏出纸条，往雄一住的旅馆打了电话。

接电话的是旅馆里的一个女人，她把电话切换到雄一那里的时候，我突然想：在被告知惠理子的死讯之后，我从他身上一直感受到一种不安，就像是"电话"。那以来的雄一即使站在我的眼前，感觉也像在电话另一端的世界里。那个世界比我现在身处的地方更加蔚蓝，蓝如海底。

"喂喂。"传来雄一的声音。

"雄一？"我舒了口气。

"是美影啊。你怎么知道这里的？啊，知道了，是知花说的吧。"

远方他那平静的话语穿过电缆，跑过黑夜传来。我闭上眼睛，倾听着那熟悉的声音，听起来像寂寞的波涛声。

"你那里有什么东西？"我问他。

"丹尼斯大饭店。骗你的。山上有座神社，应该挺有名的吧。山下净是旅馆，都是做用豆腐加工的斋菜，今晚我吃的也是这个。"

"什么菜？听起来挺好玩的。"

"什么？你有兴趣？全都是豆腐、豆腐。味道是不错，可清一色的豆腐，豆腐羹、烤豆腐串、油炸豆腐、香橙豆腐、芝麻拌豆腐，总之都是豆腐。清汤里面不用说也放了鸡蛋豆腐。想吃点儿硬的，不是最后应该上米饭吗？结果等来的是茶粥。觉得自己都快成老头儿了。"

"真巧，我现在也饿着呢。"

"不会吧？那家旅馆不是菜很出名吗？"

"都是我不爱吃的菜。"

"都是你不爱吃的？这个几率可是够小的，你真不走运。"

"没关系，明天会有好吃的。"

"真羡慕你。我明天的早饭都能猜得出……大概是豆腐火锅吧。"

"那种用固体燃料烧的小砂锅吗？没错吧。"

"知花喜欢吃豆腐，所以兴冲冲地给我推荐了这里。住得确实很不错。大玻璃窗，窗外还可以看见瀑布什么的。不过，我可正在长身体，现在特别想吃高热量、油乎乎的东西……真不可思议，我们俩在同一片星空下，现在又都饿着肚子。"

雄一笑起来。

我就要吃猪排盖浇饭了呢！这种打趣他的话，我却无法说出口，听起来很可笑吧。不知为什么，我总觉得这像是对他无以复加的背叛，我希望给他这样一种感觉：我正在和他一起挨饿。

这一瞬间，我的直感异常活跃起来，活跃得可怕，仿佛洞悉了一切。它清晰地告诉我：我们俩的心在被死亡围困的黯黑中，正沿着一个缓缓的弯路，紧紧相依、彼此扶持着前行。然而，一旦绕过坡去，就会各奔东西。如果错过现在的话，我们两人将永远只是朋友。

我的预感是不会错的。

但是，我无计可施，甚至觉得听天由命算了。

"什么时候回来？"我问。

他沉默了一会儿，说："很快。"

这家伙，连撒谎都不会。只要钱够用，他一定会在外逃亡。而且，如同上次一直拖着惠理子的死讯，迟迟不肯通知我一样，自以为是地背负着愧疚之情，不再与我联系。这就是他的性格。

"那么，再见了。"我说。

"好，再见。"

他一定连自己都不明白为什么想要逃离。

"别割腕自杀啊。"我笑着说。

"呸！"雄一笑着，道别之后挂上了电话。

一瞬间，顿时觉得全身虚脱无力。放下话筒，就那样一直怔怔地盯着店里的玻璃门，呆呆地听着外面呼啸而过的风声。街上的行人在相互寒暄：真冷真冷。夜，今天也一视同仁地降临在世界的每个角落，又将同样地离去。在心气无法相通的孤独深渊的底部，这次，我真要沦为孑然一身了。

我痛切地感到，人不是屈服于环境或外力，而是被自己的内心一再压垮的。我疲惫无力，眼看着我不想放弃的东西正一点点走远，而我却无力焦虑或是悲哀。只有一片混沌，墨黑。

多么渴望能有一片净土，一个更为光亮、有鲜花的地方，可以让我静下心来思考。但那时一定为时已晚。

盖浇饭终于来了。

我打起精神，掰开筷子。先解决温饱再说吧。盖浇饭看上去很诱人，尝一尝，味道棒极了，鲜美无比。

"老伯，太好吃了！"我忍不住大声说。

"是吧。"老伯得意地笑起来。

不管再怎样饥肠辘辘，我毕竟是个内行。这份猪排盖浇饭做得用"可遇而不可求"来评价毫不为过。猪排的肉质也好，汤汁的调味也好，鸡蛋和洋葱的火候也好，甚至米饭的软硬程度都无可挑剔。猛然想起白天老师曾谈起这里，说原本想来这里采访的。我真是幸运。如果雄一在这里的话……想到这里，我冲动地说："老伯，这个可以带回去吗？能不能再给我做一份？"

就这样，饱餐过后走出店外时已近半夜。我手里提着包好的热气腾腾的盖浇饭，一个人伫立在街头，不知该如何是好。

我究竟在想些什么呢？该怎么办？……正这样想着，一辆出租误以为我在等车，滑到我面前停下。看着"空车"的红灯，我下了决心。

坐上车，我告诉司机："可以到 I 市去吗？"

"去 I 市？"司机发出怪声，回头看着我，"我是求之不得，不过路远，价钱可贵着呢，小姐。"

"我有点急事。"我就像走到王子面前的圣女贞德一样，堂堂正正地说道。这样的话，他应该会信任我吧？"到了那儿，我先把去的路费付给你，你再等我二十多分钟，等我把事办完，再折回这里。"

"是去见心上人吧？"他笑了。

"差不多。"我也苦笑。

"好，这就走。"

出租车乘着夜色向 I 市驶去，载着我，还有猪排盖浇饭。

一坐上车，白天的疲劳使我昏昏欲睡。当车进入几乎没有其他车辆的快车道飞速行驶的时候，我一下子清醒了。

四肢还都处在睡眠状态的余温中，只有意识犹如"觉醒"般猛然间清晰地恢复过来。我在昏暗的车内起身坐好，向窗外看去。

只听司机说："路上空，开得快，一会儿就到了。"

我应了一声，抬头仰望夜空。

明月高悬，横渡夜空，令星子黯然失色。是满月。它忽而躲进云后，忽而轻柔地亮出通体光华。车里温度很高，呼出的气息凝结在窗玻璃上，模糊一片。树木、田野、山川的剪影从窗外掠过，像一幅幅剪贴画。时而有大卡车轰隆隆地超过我们而去，随即一切又归入沉寂，留下沥青路面在月色下泛着清辉。

——不一会儿，车进入了 I 市。

在沉睡着的幽暗的民房屋顶之间，不时有小型神社的牌坊出现。车沿着狭窄的坡路飞驰。黑暗中，山上缆车的索道显得分外粗大醒目。

"过去和尚不能吃肉，就用豆腐代替，因此发明了许多做法。这附近的旅馆，叫做什么来着，迎合时下的口味，推出了很多菜，都大受欢迎。下次你白天来，可以尝尝。"司机给我介绍。

"听人说过。"

借着黑暗中等距离掠过的路灯的亮光，我眯起眼睛查看地图。

"啊，下个拐角停车。我很快就回来。"

"好的好的。"说着，他来了个急刹车，车停住了。

车外是让人麻木的寒冷，手和脸颊没一会儿就冻僵了。我找出手套戴上，然后背上装有盖浇饭的背包，顺着洒满月光的坡路走上去。

不安的预感应验了。

他住的旅馆不是那种半夜里能轻易进去的老式结构的房子。

正门是玻璃自动门，锁得严严实实的，外面楼梯的紧急出口也上了锁。

无奈，我退回路边打了个电话试试，还是没有人接。这也在情理之中，现在正是半夜。

究竟我大老远来到这里做什么呢？站在漆黑的旅馆门前，我不知如何是好。

我怎么也不甘心就此回去，于是又绕到旅馆的院子那边，吃力地穿过紧急出口旁边的一条小路。正如雄一所说，这家店靠看得见瀑布的庭院招徕顾客，所有的窗户都面朝庭院，以便观赏瀑布。而现在一切都是一片黑魆魆。我叹了口气，注视着院子。人造栏杆蜿蜒爬过岩石，细细的瀑布从高处倾泻在长满青苔的岩石上，发出哗哗的响声。冰冷的水花在黑夜里泛着白光。异常耀眼的绿光灯从四面八方投射在整个瀑布上，把庭院的树木映衬得分外醒目，看起来有些不自然。这情景，不禁让我联想到迪斯尼乐园的热带丛林，绿得那么不真实……这样想着，我又转回身，再一次向对面那一扇扇黑漆漆的窗户望去。

一瞬间，不知为什么，我确信：那个在灯光下反射着绿光的、靠我最近的拐角那间屋子就是雄一的房间。

想到这，便觉马上能从窗口往里窥视了，人不自觉地沿着堆积起的假山石爬了上去。

一爬高，一楼和二楼之间的装饰房檐忽地显得近在眼前，仿佛踮起脚就能摸到。假山石堆积得很不自然，我一面小心翼翼地探着路，一面一级、一级地攀上去。更接近了。我试着伸手去够檐沟。好容易抓到了。我豁出去了，猛地一跳，一只手抓住檐沟，另一条手臂从手腕直到手肘的部分使劲勾住装饰房檐，手紧紧抓住瓦片。霎时间，房子的墙面垂直地逼上前来，我那未经磨炼的脆弱的运动神经，"嗖——"一声，缩成一团。

我抓着装饰房檐突出来的瓦片，脚尖死死蹬着墙，进又进不得退也退不得。手臂冻得发麻，更糟糕的是一边肩头的背包带子滑下来。

天呐，只因一时的冲动，弄得现在吊在房檐上直吐白气，这可怎么办好？

朝下面望望，刚才落脚的地方看起来漆黑又遥远。瀑布的水声听起来大得惊人。无奈，我只有拼命往双手上使劲儿，试图撑起身体。不管怎么样，先把上半身弄到房檐上再说，这样想着，我奋力朝墙上一蹬。

只听"嗞喇"一声，右手手腕感到一阵剧痛。我连滚带爬，终于翻倒在房檐的水泥地上，脚不知是踩在了雨水还是什么脏水坑里。

啊——我躺着看了一眼手腕，这是我有生以来第一次擦伤。手臂上已是一大片红肿，痛得我眼前发黑。

世事皆是如此啊。

我把背包扔到身边，仰面躺着，仰望着旅馆的屋顶，看着那边空中皎洁的明月与云影，浮想联翩。（在这种情况下还能考虑那么多，真不简单。大概出于一种破罐子破摔的心理吧？希望别人认为我是行动型的哲学家。）

人们都以为，路有许多条，而自己可以任意选择。或许说是憧憬选择时的瞬间更为接近。我也是如此。但是现在我明白了，并且可以用清晰的语言来表达。其实道路总是定好的，是由每天的呼吸、眼神、日复一日的岁月自然而然决定了的。这绝非宿命论。于是才有了现在的我，在一片陌生的土地上，在房顶的水洼里，在数九严寒中，守着盖浇饭躺在地上遥望夜空。这一切，细细回味，都是那么顺理成章。

——啊，月亮好美！

我站起身，敲响了雄一房间的窗户。

感觉似乎等了好长时间。在我浸湿的双脚儿乎被凛冽的寒风冻僵时，房里的灯一下子亮了，雄一一脸惊诧地从里面的房间现身了。

看见我站在房檐上，只露出上半身在窗口，他惊讶得瞪大了眼睛，终于开口问了一句，美影是你吗？我再次敲敲窗，点点头。他连忙把窗打开，接过我伸出的冰冷的手，把我拉进房里。

突然而至的光明照得我几乎睁不开眼睛。房间里暖洋洋的，仿佛另外一个世界。四分五裂的身心也仿佛终于得以恢复完整。

"我是来送猪排盖浇饭的。"我说，"知道吗，可好吃了呢，一个人吃都觉得过意不去。"说着，我从背包里掏出盖浇饭的包装袋。

荧光灯照在青色的榻榻米上，电视开着低低的音量，被子还停留在雄一爬起时的样子。

"过去这种事也发生过呢。"雄一说，"是在做梦的时候。现在也是吗？"

"要唱支歌吗，我们俩一起？"

我笑了。一见到雄一，现实感从我心中倏然远离，与他相交至今的点点滴滴，同一屋檐下的那些日子，都仿佛成为遥远的梦境。他的心，现在已不在这个世界上，他那冷漠的眼神让我恐惧。

"雄一，不好意思，能给我杯茶吗？我一会儿就得走。"是梦也没关系，我又加了一句。

"好。"

说着，他端来茶壶茶杯，给我泡了一杯热气腾腾的茶水。我两手捧起茶杯，一饮而尽。这才终于长舒一口气，缓过气来了。

这时，我再次感受到房里空气的沉重。或许这里真是雄一的噩梦的舞台。我只觉得在这里停留的时间越久，我就越发成为雄一噩梦中的一部分，而后消失在黑暗之中，就此作为一种朦胧的印象，作为宿命的安排——我说："雄一，其实你是不想回去了吧？你打算和过去不正常的生活彻底决裂，重新开始，对吧？不用骗我，我知道的。"虽然我在倾诉满心的绝望，语气却出奇的平静，"不过眼前不管那么多，先吃盖浇饭吧。来，快尝尝。"

苍白的沉默袭来，令人窒息，泪水几乎夺眶而出。雄一垂下眼帘，仍难掩内疚之色，他默默接过饭盒。静止的空气像虫蚁般蚕食着我们的生命，其间有一股不曾预料的力量从后面推动着我们。

"你手怎么了？"他发现了我的擦伤，问。

"不要紧。趁着还有点儿温，快吃吧。"我笑笑，伸手向他示意。

他看起来还有些不放心，但还是说着"味道好香"，打开盖子，吃起刚才老伯精心盛好的盖浇饭。

看着他吃起来，我的心情一下子轻松起来。

我做了件值得做的事，我想。

——我知道。是那些晶莹剔透的快乐时光的结晶突然从记忆深处的沉睡中觉醒，就在此刻，往前推动着我们。如同一阵清新的风拂面而过，吹动我心深处那些芳香馥郁的日日夜夜的空气，使它复苏，焕发生气。

有关另一个家庭的回忆涌上心头。

那些晚上，两人玩着FAMICOM[1]等惠理子回来，之后三人揉着惺忪睡眼去吃火锅。我因工作原因情绪低落，雄一画给我看好笑的漫画，惠理子看了，都笑出了眼泪。晴朗的星期天早晨，蛋包饭的香味四溢。每每在地板上睡着了，他们总是悄悄为我盖上毛毯，毛毯的触感至今记得。蓦然惊醒，半睁着蒙眬的睡眼望去，依稀可见惠理子飘然而去的裙摆与修长的双腿。雄一开车把喝醉酒的她拉回家，两个人相

1　日本任天堂游戏机公司推出的一款游戏主机，名为"任天堂家庭电脑"（Nintendo Family Computer），简称 Famicom。

携着走回房间……还有，夏祭的日子，惠理子帮我束紧便服腰带，那火红的颜色如同傍晚天空中飞舞着的红蜻蜓。

真正美好的回忆永驻心间，永远光芒灿灿，随着时间的流逝而越发使人感叹。

有多少白昼与黑夜，我们曾在一起进餐！

记得雄一曾说过："为什么和你一起吃东西，就觉得吃得这么香呢？"

我笑着说："是因为食欲和性欲同时得到了满足吧？"

"不对不对！"雄一大笑着说，"肯定因为我们是一家人。"

那明朗的氛围又回到了我们二人之间，尽管惠理子已经不在了。雄一吃着盖浇饭，我喝着茶，而黑暗中不再包含有死亡。这就好了。

"那么，我要回去了。"我站起身来。

"回去？"雄一像是吃了一惊，问我，"回哪儿？你是从哪儿来的？"

"是啊。"我皱起鼻子，戏弄他，"跟你说，这可是现实中的夜晚啊。"说完，我再也止不住了，"我是从伊豆坐出租车赶过来的。雄一，我，不想失去你。我们俩虽然一直都非常孤单寂寞，但也算活在轻松愉快的地方。死亡太沉重了，我们这么年轻，本不应该体会到它的残酷，但是没有办法啊……今后，如果和我在一起，或许会遇到痛苦、烦恼、龌龊的事，但只要你不在意，就让我们两个人一起去一个更严酷、也更光明的地方吧。等你恢复精神以后也不晚，仔细考虑考虑好吗？请不要就这样消失掉。"

雄一放下筷子，直直盯着我说："这样的盖浇饭大概一辈子再也不会吃到了……太好吃了。"

"是吗。"我笑了。

"从头到脚，我都很没出息吧？下次再见面，我会让你看看我男子汉强健有力的一面。"雄一也笑了。

"比如说，在我跟前把电话本撕碎？"

"是啊，把自行车举起来扔了。"

"把大卡车推到墙上去。"

"那不就成野蛮人了？"

雄一脸上的笑容闪着熠熠的光辉，我知道，自己也许已经把"那个东西"向前推动了几公分。

"那我走了，不然出租车要跑了。"说着，我向门口走去。

"美影。"雄一叫住我。

"什么？"我回过头去。

"小心点。"雄一说。

我笑着挥挥手，这回大摇大摆地打开门锁，从正门走了出去，然后向出租车飞奔过去。

回到旅馆，钻进被窝，还是冷得受不了，我一直开着暖气没关，酣然进入了梦乡。

……走廊上凌乱的拖鞋声，旅馆里人们的说话声，把我从梦中惊醒，睁开眼一看，外面已是天气大变。

粗大的窗框外，浓重的灰色阴云满布天空，狂风裹挟着雪片呼啸着肆虐而过。

昨夜犹如一场大梦。我恍恍惚惚爬起来开了灯。窗外，飞舞的雪花洒落在轮廓分明的群山上；树木在风中瑟瑟发抖，呜呜作响。室内则暖和得稍嫌热，周围洁净而明亮。

我再次钻进被窝，久久远眺着那仿佛要冻僵一切、充满力量的大雪，脸上发热。

惠理子已经不在了。

——置身此情此景，我才真正痛切地领悟：再也见不到她了，无论我和雄一境况如何，无论人生多么漫长、多么美好。

河边走过瑟瑟发抖的行人；车顶上积起薄薄一层白雪；树木左右摇晃，枯叶片片落下；银色的窗棂闪着冰冷的寒光。

这时候，门外响起老师欢呼雀跃的叫声："樱井，起来了吗？雪，下雪了！"她来叫我起床了。

我答应了一声，起身换好衣服，现实中的一天又要开始了。日复一日地开始。

最后一天是去下田的一家小旅馆采访那里的法国菜。我们这些工作人员以一顿豪华晚宴结束了这次活动。

不知怎的，大家都习惯早睡，我这个超级夜猫子觉得意犹未尽，在大家解散回房间睡觉之后，又独自一人去前面的海滩散步。

尽管穿着大衣，套了两层长筒袜，可还是冷得让人想大叫。我买了罐热咖啡揣在口袋里走着，一路暖意融融。

站在堤坝上望去，海滩白茫茫一片，大海则一色漆黑，只有偶尔泛起的蕾丝边闪闪烁烁。

冷风怒吼，脑袋里仿佛掠过一声声尖叫。在这样的夜晚，我走下昏暗的台阶，走到下面的沙滩上。脚下的沙凉丝丝的，沙沙作响。我喝着咖啡，沿海岸径直走着。

望着夜色笼罩下的漫无边际的大海，在海浪的撞击下发出震耳声响的巨石的嶙峋暗影，一股莫名的哀戚与甜蜜同时在心头升起。

今后的日子也一定会有无数的悲欢……即使没有雄一的陪伴。

我默然沉思着。

灯塔的灯光旋转着射向遥远的远方，"唰"地晃向这边，旋即又走远，在海面上拓出一条闪光的通道。

我豁然开悟，流着鼻涕返回了宾馆。

插上房间配备的简易热水壶烧水后，我趁隙冲了个热水澡，然后把衣服全部换掉，坐到床上。正在这时，电话响了，拿起来，前台通知我："有您的电话，请稍等。"

窗外，望下去是宾馆的庭院、漆黑的草坪，还有白色的大门。再过去就是刚才去过的寒冷的海滩。大海涌动着黑浪，涛声阵阵。

"喂喂，"雄一的声音飞进来，"终于找到你了，费了我好大劲儿呢。"

"你从哪儿打来的？"我笑了，心情缓缓松弛下来。

"东京。"雄一说。

这就是所有的答案，我感觉到了。

"今天是最后一天，明天就回去了。"我说。

"吃了好多好吃的吧？"

"嗯。有生鱼片、虾、野猪肉。今天是法国菜。都有点胖了。啊，对了，我买了满满一箱子东西寄回家了，有腌山葺菜、鳝鱼饼、茶，你可以先去替我拿一下啊。"

"怎么没有虾和生鱼片啊？"雄一问。

"没办法寄啊。"我笑着说。

"好，明天我到车站接你，你买些用手拎回来。几点到？"电话那边传来雄一爽朗的声音。

房间里暖洋洋的，水烧开了，水汽弥漫开来。我跟他说起了到站的时刻和站台号。

月

影

阿等总是把小铃铛挂在月票夹上，随身携带，形影不离。

　　那个小铃铛是还未与他相恋的时候，我极其无意间送给他的，却伴随他直到生命的尽头。

　　他和我并不在同一个班级，我们的相识源于高二时的一次修学旅行。那时，我们俩都是旅行委员。我们每个班都沿完全不同的路线去旅游，只有出发时的新干线是同一段。下了车，我们俩在站台上嬉笑着握手告别。那时，我突然想起校服口袋里放着一只铃铛，是从家里猫脖子上掉下来的，就说，这个给你饯行，说着把铃铛递给他。这是什么？他笑着问，并没有漫不经心地随手接过，而是小心翼翼地放在手心，然后用手绢包好。这样的动作，由他这个年纪的男孩子做来，实在太异常了，我不禁大为诧异。

这就是爱情吧。

就算因为是我送的而加以特别对待，或者因为他家教好，不慢待别人的赠品，可他那一刹那的举止还是让我大生好感。

就这样，铃铛连接起我们的心。旅行期间虽不能相见，但彼此相互牵挂着铃铛。每当铃声响起，他就情不自禁地想起我，还有旅行前和我共同度过的日子，而我同样思念着远方丁零丁零的小铃铛，还有和铃铛在一起的那个人。旅行回来，我们开始了一场轰轰烈烈的恋情。

那之后的大约四年间，那个铃铛伴随我们度过了所有的昼夜，经历了所有的事件——初吻，大吵，阴晴雨雪，初夜，所有的欢笑与泪水，喜欢的音乐还有电视——总之与我们共有着我们二人世界的全部时间。阿等把那个月票夹当钱包用，每次掏出来，手中总会响起丁零零丁零零一串微弱却清脆的铃声。那时刻萦绕耳边、我所挚爱的、挚爱的铃声。

这或许只是事后可供尽情嘲笑的少女的感伤，但我还是要说，它是我真实的感受。

总是满心觉得不可思议，有时无论怎样目不转睛地盯着阿等看，总觉得他不在那里；睡着了，我也会鬼使神差般一次次忍不住把耳朵贴在他的心脏上倾听；每次他脸上绽放出无比灿烂的笑容，都会使我情不自禁地久久凝望他；他的氛围和表情总带着某种透明感。所以，我才一直感觉如此虚无缥缈、如此不安吧。假如这就是冥冥之中的预感，真叫人情何以堪！

失去恋人的这种痛苦，在我的漫漫人生旅途中（其实也不过二十来年），还是第一次品尝，这种痛苦让我觉得自己的生命也随之戛然而止。从他去世的那个夜晚开始，我的心就已飘移到另一个空间，再也无法返回。我再也无法用过去的眼光来看这个世界。心绪在不安中浮浮沉沉，狂躁难安，神情恍恍惚惚，整天苦闷至极。有种事，有的人一生中也难逢一次（比如流产、卖淫、重病），而我却不得不置身其中，这只有哀叹自己命运不济了。

或许我们两个人都还很年轻，这也未必是我人生最后一次恋爱。然而，我毕竟目睹了有生以来两人之间第一次产生的一幕幕短剧。人与人在加深交往的过程中，诸多事情都会显现出它沉重的一面，我们一一体味着这种沉重，以此构筑成了四年的时光。

哪怕事后，我也敢大声质问苍天——

可恶的上帝！我是如此深爱着阿等，哪怕为他去死！

阿等死后的两个月里，每天早晨我都倚在那条河的桥栏杆上喝热茶。因为失眠，我开始在清早跑步，而那里正好是折返点。

晚上的睡眠是我所最恐惧的，而其实，最让我承受不起的是醒来时的打击。当猛然睁开眼睛，明白自己身在何处时，眼前出现的沉沉黑暗就让我惊恐不安。我总是做有关阿等的梦，在焦躁不安、动辄惊醒的睡梦中，不管是否与他相遇，我都清晰地意识到这是梦境，而现实中的我再也没有可能见到他了。因此，尽管在睡梦中，我还是努力不让自己醒来，然后辗转反侧，冒着冷汗，在令人憋闷的忧郁中恍惚睁开双眼——我就这样迎来了多少个寒冷的黎明。窗帘的那边渐渐亮起来，天空泛起鱼肚白，只可闻苍白静寂的喘息声，而我，被抛弃在这孤寂寒冷的时间里。与其如此，还不如置身梦中啊。又是这样一个难以入眠、苦苦纠缠于梦的余韵的、独自一人的清晨来临了。我总是在这时候醒来。无法安睡导致的疲倦，以及在对清早第一缕曙光的漫漫等待中近乎狂乱的孤独，使我开始体会到恐惧，于是我决定开始晨跑。

我购置了两套昂贵的运动装，买了鞋，甚至还买了一个装饮料用的铝制小水壶。还没开始就忙着准备东西，多少有些难为情，不过想想，态度毕竟是积极的。

一进入春假，我立即实施了跑步计划。跑到桥头，再折返回家，把毛巾和衣物洗干净放进烘干机里，然后帮妈妈做早饭。之后，再小睡一会儿。每天都重复着这样的生活。晚上，不是去找朋友玩，就是看看录像，没事找事，拼命不给自己留下空闲时间。然而，这努力却徒劳无功。没有一件事是我真正想做的。我只要见到阿等。可是我觉得无论如何都必须坚持活动活动手脚、身体、大脑，希望自己相信：这种努力坚持到底，会在不知什么时候发现一个突破口。虽然没有任何保证，但在我的信念中，还是想坚持到那一刻。小狗死的时候，还有小鸟死的时候，我都是这样挺过来的。只是这次尤甚。日子就这样无望地、如在灼热煎熬中枯萎般地流逝。我每天都在祈祷：

不要紧，不要紧，这样的日子总会有尽头。

折返点是一条大河，把城市大体上一分为二。一座白色的桥横跨河上，跑到那里大概需要二十分钟。我喜欢那里。阿等就住在河的对岸，我们总是约定在那里见面，即便在他死后，我也还是喜欢那里。

桥上没有人影，在流水声的包围中，我慢慢喝着水壶里的热茶，休息着。白色的堤坝延伸到远方的天际，街市的景物笼罩在黎明时分青色的雾霭中，迷迷蒙蒙。伫立在这澄澈、刺骨的空气中，"死亡"仿佛就在自己近旁。而实际上，也只有在这凛冽、透明、凄清之极的光景中，现在的我才可以顺畅地呼吸。自虐？不是。因为不知为何，如果没有这样的时刻，我会对顺利度过接下来的一整天完全没有自信。对于现在的我，那种光景是相当迫切而必要的。

这天早晨，我又从某个噩梦中陡然惊醒。五点半，天气看上去似乎不错。我像往常一样，换好衣服，跑了出去。天还没亮，路上没有一个行人。空气寂静而清冷，街市白茫茫的。天空中浓浓的群青色朝着东方天际晕染出一条渐变的红带。

我尽力使自己跑得轻松。偶尔喘不动气的时候，脑海里就会浮现出这样的念头：不好好睡觉，这么跑法，只是在折磨自己的身体啊。可是混沌的头脑中又想，回去之后就可以好好睡一觉了，于是打消放弃的念头。跑在万籁俱寂的街道上，要保持意识的清醒是件难事。

水声渐近，天空瞬息万变，转眼已是一片清透的碧蓝，晴朗美好的一天来临了。

跑到桥头，我像往常一样，倚在栏杆上呆呆地眺望着蓝色空气底下沉潜着的薄雾轻罩的街市。哗哗流水发出震耳轰鸣，翻腾着白色的泡沫，把一切都席卷而去。汗水很快褪去，寒冷的河风扑面而来。还是春寒料峭的三月时节，半个月亮挂在空中，射出清冷的光辉。呼出的气息是白的。我眼望着水面，把茶水倒在水壶盖子上正打算喝，就在这时，"什么茶？我也想喝。"突然有一个声音在身后响起，把我吓了一大跳，吓得我竟然把壶身掉进河里去了，手边只剩下一杯盛在盖子里的冒着热气的茶水。

我满怀疑惑地转过身，一看，只见一个女人笑眯眯地站在那里。她应该比我年长，可不知为什么，看不出实际年龄。非要猜猜看的话，大概有二十五岁的样子……一头短发，一双明澈的大眼睛，薄衫外面披了一件白色外套，似乎没有丝毫寒意，一派轻松自在。真不知她是什么时候出现在我身边的。

她又笑嘻嘻地说："刚才跟那个什么狗的故事很像呢。是格林童话，还是伊索寓言来着？"她的嗓音甜美，略带鼻音。

"那个故事，"我淡淡地说，"是说看见倒映在水里的自己的影子，扔了骨头吧。故事里可没有坏人呢。"

她微微一笑，说："下次我买个水壶给你。"

"谢谢。"

我咧嘴朝她笑笑。她的语调那么平静，让我生不起气来，甚至连我自己也以为这并没有什么大不了的。而且，她同那些精神不太正常的家伙，或是清晨摇摇晃晃回家的醉鬼感觉完全不同，她目光炯炯有神，充满理性，神情也极为深沉，仿佛饱尝过人世间的悲喜炎凉。也正因此，她伴有一种庄严肃穆的氛围。

我举起盖子，喝了一口润润喉咙，"喏，剩下的给你，普洱茶。"说着递给她。

"啊，那是我最喜欢喝的了。"她伸出纤细的手接过盖子，"我刚到这里，是从很远的地方来的。"熠熠生辉的双眸中透出游人所特有的兴奋，说完，她凝望着河面。

"来观光？"她到这种一无所有的地方来干什么？想到这里，我不禁问她。

"嗯。你知道吗，这里很快就会出现稀奇事儿呢，百年一见的。"

"稀奇事儿？"

"是啊，条件具备的话。"

"什么事啊？"

"还是秘密，不过我一定会告诉你的，因为你给我茶喝。"

她说着笑了，竟使我无法追问下去。世界的每个角落都在宣告着黎明将至，晨光溶入天空的灰蓝，微熹染白了大气层。

我想我该回去了，于是说："再见了。"她瞪着一双明亮的眼睛直盯着我说："我叫浦罗，你呢？"

"早月。"我也自我介绍说。

"过几天再见。"——浦罗——她说着，挥了挥手。

我也朝她摆摆手，转身离开了大桥。她真是奇怪。我一点听不懂她在说些什么，可总觉得她不像是一个普普通通的平凡人。每跑一步，疑问便加深一层。莫名感到不安，转回头，只见她还在桥上，侧对着我注视着河水，那神情与刚才在我面前时判若两人。我大为震动，那么沉重的神色我之前从未在其他人脸上见到过。

发现我站住，她又微笑着朝我招手。我慌忙也摆摆手，跑走了。

——她，究竟是怎样的一个人呢？我思索了许久。倦意终于袭来，在这个睡意蒙眬的清晨，只有那个叫做浦罗的谜一般的女子的身影，在阳光中闪烁着耀眼的光芒，镌刻在我心中。

阿等有一个极为古怪的弟弟，无论思维方式，还是待人接物，都稍有些与众不同。他就像是一个生长在异度空间、记事后"扑通"一声被抛到这里的人。第一次见到他的时候，他就给我这样的感觉。他的名字叫阿柊，是已故的阿等的亲弟弟，这个月就十八岁了。

我们的见面地点约在了百货大楼四层的咖啡厅里。他刚放学，穿着水兵服就来了。

我其实觉得很不好意思，可看他若无其事地走进店里，只好故作平静。他在我对面坐下，喘了口气，问我，"等很久了？"见我摇摇头，他又爽朗地笑起来。叫咖啡的时候，女服务生一直在上上下下不停打量着他，神色怪异。

他们俩长相并不太相似，可是阿柊的手指呀，还有偶尔神情的一些细微变化，常常会令我心脏停止跳动。

"嗯。"这种时候，我会故意弄出声来。

"怎么了？"阿柊一只手端着杯子，看着我问。

"很像。"

我说。然后他总是一边说着"这就是阿等"，一边模仿起来，接着我们两个人就笑起来。除了这样相互拿心灵上的创伤打趣之外，我们又能做什么呢？

我失去了恋人，而他则是哥哥和恋人同时都失去了。

他的女友名叫由美子，和他同岁，是个身材娇小的美人，网球打得很棒。那时候，因为四个人年纪都差不多，所以很要好，经常一起出去玩。数不清有多少次，我去阿等家玩，碰到由美子在阿柊那里，于是四个人一起通宵达旦地玩游戏。

那天晚上，阿等出门的时候，正好由美子要走，所以就顺便开车把她送到车站。途中，发生了事故。过错并不在他。

可是，两人都是当场猝死。

"你在晨跑？"阿柊问。

"嗯。"

"可是，长胖了呢。"

"无所事事啊，白天。"我不由得笑了。实际上，谁都能明显看出来，我正一点点消瘦下去。

"并不是只要锻炼，身体就会健康的。对了，附近突然开了一家炸什锦盖浇饭店，味道棒极了，热量也很足，去吃吧。现在，马上就去。"他说。

阿等和阿柊虽说性格截然不同，可身上都自然流露出一种亲切，这并不是想炫耀或是别有企图，而是良好的家教所致，就像用手帕轻轻包起铃铛的那份亲切一样。

"嗯，好啊。"我说。

阿柊现在穿的这身水兵服，是由美子的遗物。

自从她死后，尽管学校里不要求穿校服，可他还是穿着这套水兵服上学。由美子喜欢校服。双方父母都哭着劝他——这个裙装打扮的男孩子，说，即使这样做，由美子也不会高兴的。阿柊却是一笑置之。那时候，我问他穿这个是因为伤感吗？他回答说，不是的，人死不会复生，东西也只不过是东西而已，不过，穿上去觉得很有精神。

"阿柊，那个你要穿到什么时候？"我问他。

"不知道。"他的脸色阴郁下来。

"没有人说闲话？学校里没有什么不好的议论吗？"

"没有。我啊，"他说，过去他就一直使用女性的"我"

来称呼自己，"得了好多同情票，可受女孩子欢迎呢。可能是穿了裙子，感觉上懂得女孩子们的心理吧。"

"那不错啊。"

我笑起来。玻璃窗外的楼层里是熙来攘往购物的人群，每个人都神采飞扬。明亮的灯光照射在一排排春装上，傍晚的百货商店里洋溢着一派幸福的模样。

我现在完全可以理解，水兵服之于他，就如同晨跑之于我，两者作用是完全相同的。我想只是因为我并不像他那样古怪，所以对我而言，晨跑就已经足够了；而对于他，则是完全缺乏效力，不足以支撑他自己的，所以作为变异，他选择了水兵服。然而无论哪一种方式，都不过是一种手段而已，用来使枯萎的心灵重新拥有活力，排遣忧闷，赢得时间罢了。

无论我还是阿柊，在这两个月里，都换上了一副前所未有的面孔，一副努力与失去挚爱的伤痛奋战的面孔。回忆会在不经意间突然冒出来，把人推进孤独包围中的黑暗里，久了，不知不觉间表情就成了这副样子。

"在外面吃晚饭的话，我要给家里打个电话。阿柊你呢？不用回家吃吗？"

我正准备站起身，阿柊说："啊，对了，今天爸爸出差。"

"你妈妈一个人呢。那还是回家陪她吧。"

"不用，只要让店里送一份外卖过去就行了。这么早，她肯定什么也没做。付上钱，今天晚饭就让儿子来请次客吧，给她个惊喜。"

"这个主意很可爱啊。"

"好像有劲儿了。"

他嘻嘻笑了起来。这个时候，平常少年老成的他才流露出与年龄相称的神情。

记得一个冬日，阿等对我说："我有个弟弟，叫阿柊。"

那是第一次听他说起他的弟弟。那天眼看要下雪，天阴沉沉的。在灰暗的天空下，我们两个顺着学校后面长长的石阶路向下走。他手插在大衣口袋里，呼着白气说："比我都显老成呢。"

"老成？"我笑了。

"怎么说呢，是胆子壮吧。不过挺奇怪的，一轮到家里人的事了，就变得孩子气十足。昨天，我爸爸手被玻璃划了一下，他真的给吓坏了呢。那样子好可怕，给人感觉天翻地覆了似的。我觉得特别意外，所以刚才想起来了。"

"他多大？"

"唔……十五吧。"

"像你吗？好想见见他。"

"不过，他人很古怪啊，感觉我们俩根本不像兄弟。你见了他，没准会连我都讨厌的。嗯，那家伙很怪呢。"他笑容里充满了兄长的爱怜。

"难道，要等到我们的爱不至于因为你弟弟古怪而发生动摇的时候，才能让我见他？"

"没有啦，开玩笑的。没关系的，你们一定会成为朋友的。你有些地方也古里古怪的，再说，阿柊他对善人很敏感。"

"善人？"

"是啊。"他侧面对着我笑了。这种时候他总是会害羞。

石阶很陡，我们不由快步冲下去。白色校舍的玻璃窗上透明地映出暮色降临中的寒冬的天空。依然记得一级一级踩着石阶而下的黑皮鞋和齐膝袜，还有自己校服翻飞的裙摆。

店外，充满春的气息的夜已悄然降临。

看阿柊穿上大衣盖住了水兵服，我这才稍稍松了口气。商店橱窗里的灯光照亮了人行道，也映亮了川流不息的行人的脸庞。风中有甜香飘过，春色渐浓。但依然很冷，我从口袋里掏出了手套。

"那家天麸罗店就在我家旁边，要走一会儿。"

"要过桥吧。"

说完，我沉默了片刻，因为想起了桥上遇到的那个叫浦罗的人。那之后我也依旧每天早晨都去，却再没有见过她……正想得出神，突然又听阿柊大声说："啊，我当然会送你回去。"他像是把我的沉默误以为嫌路远。

"没关系，还早着呢。"

我急忙说，心想"像、很像他"，不过这次并没有说出口。根本不需要特意来模仿，刚才的他就是像极了阿等。明知决不会因此击碎与他人已然建立的关系，亲切的话语却仍旧条件反射地脱口而出——这份冷静与率直，总能令我的心变得澄静、透明。那是我纯真的感激。现在，我情难自禁，又鲜明地回忆起了这种感觉，撩人情思，让人酸楚。

"前几天早晨跑步的时候，在桥上遇到个怪人，我只是想起那件事儿了。"我边走边解释。

"怪人？男的吗？"他笑着说，"晨跑很危险呢。"

"不是，不是的，是个女的，不知怎的，怎么也忘不了。"

"是吗……能再见到就好了。"

"嗯。"

是的，不知为什么，我非常渴望与浦罗再次相见，虽然与她只有一面之缘。她的神情——那时的神情，让我的心脏差点停止跳动。片刻之前还在甜美地微笑，独自一人的时候，却换成了那副面孔，就像是"变身为人类的恶魔突然觉醒，告诫自己再不能对任何事物掉以轻心"。那神情令人难忘，它使我感到我的这份痛苦与悲哀根本无法与之相比，让我觉得或许还有许多事是我可以去做的。

穿过街道，来到一个大的十字路口，我和阿柊都有些不自在。这里，是阿等和由美子的事故现场，而现在依旧车水马龙。红灯亮了，我和阿柊并排站住。

"不知有没有地缚灵？"他笑着说，可目光中并没有丝毫笑意。

"猜你会这么说的。"我朝他咧嘴笑笑。

光影交织，蜿蜒汇成一条光河。夜晚的信号灯格外醒目。在这里，阿等死去了。肃穆的气氛悄然降临。在挚爱的人死去的地方，时间是永久凝滞的。人们祈求能够站在相同的位置去感受那份痛楚。去某些名胜古迹观光的时候，经常听到有人说：多少年前，这里有谁谁谁曾经走过，这是亲身感受到的历史——每每听到这种话，总觉得不以为然，但现在感受不同了，我似乎体会到了。

眼前的这十字路口、这林立的高楼大厦和店铺衬托下的绚丽的夜色，便是阿等眼中最后的景象。而那个时间距离现在并不遥远。

那是一种怎样可怕的感受？可曾有片刻闪现过我的身影？……那时是否也像现在一样，明月高悬夜空？

"绿灯了。"

我怔怔地对着月亮发呆，直到阿柊推推我的肩膀才惊醒过来。好美的月色！就像珍珠一样清冽地散发出纤细的白光。

"好吃死了！"

我说。那家新开的店店面不大，散发着木材的清香。我们坐在吧台边吃着炸什锦盖浇饭，那味道棒极了，诱人食欲。

"没错吧？"阿柊说。

"嗯，好吃。让我觉得活着真好。"

我说。真是好吃，连吧台里面的店员听到我这么赞不绝口，都不好意思起来。

"可不是嘛。我知道你一定会这么说的。你口味不错。我真的很开心你能喜欢。"他一口气说完，笑了起来，然后又去订捎给母亲的外卖了。

对着炸什锦盖浇饭，我在想，我脾气执拗，所以没办法，不得不在这份黯淡心境中裹足不前地生活下去，可我却希望眼前的这个男孩能早一天脱下水兵服，露出刚才那样的笑容。

正晌午，突然来了一个电话。

因为感冒，我取消了晨跑，正迷迷糊糊地躺在床上。铃声一遍遍响起，钻进我发着低烧的脑袋，我有气无力地爬起来。家里人像是都不在，没办法，我只好到走廊里去接电话。

"你好。"

"喂喂，早月小姐在吗？"找我的，是个女人的声音。那声音我并不熟悉。

"我就是。您？"我疑惑地问。

"啊，是我，"那个人在电话那端说，"我是浦罗。"

我吓一跳。这个人总是带给我震惊。她没有道理打电话给我的。

"冒昧打扰了，不过现在有空吗？能不能出来一下？"

"唔……可以。不过，怎么，你是怎么知道我的电话的？"

我声音颤抖着问她。那边像是在街上，可以听见车声；她在呵呵地笑。

"我想着好想知道你的电话啊，这样自然就知道了。"

她像是在说着咒语，语气听起来那么理所当然，使我相信"这倒也是"。

"那么，就在车站前百货商店五楼水壶柜台见。"说完，她挂断了电话。

要是平常，身体这么不舒服，我绝对会躺着休息，不出门的。挂上电话之后，我想，糟了，我连路都走不稳，体温也似乎在往上升。尽管如此，在想见她这一好奇心的驱使下，我还是开始做起出门的准备，没有丝毫犹豫，简直就像在心底深处，一种本能的光芒在闪闪发光地驱使我去。

之后想来，命运那时就像是一架一节也不能抽去的长梯，无论抽掉其中哪一节，都无法登上顶端。而那一节一节是那么容易抽离。即便如此还在促使我前进的，大概是濒死的心中的那团微光吧。它在一片黑暗中闪烁，我当时却认为没有它反而更能安然入睡。

我全身厚厚包裹好，骑车出了门。正晌午时分，和煦的阳光洒满大地，向人们传递着春天真要来了的信息。暖风轻起，拂过面颊，令人心旷神怡。行道树也依稀抽出了幼嫩的绿叶。淡蓝色的天幕氤氤氲氲，延展至远方街市的另一端。

眼前的鲜活越发使我深深感到自己内里的干涸。我的心怎么也难以融入这春天的美景中，就像肥皂泡，一切只是辉映在表层。擦肩而过的行人走在阳光里，脸上写满幸福。一切都生机盎然，在和煦的阳光的守护下，日益光辉璀璨。在这到处洋溢着生命力的美景中，我的心却思恋着那冬季萧索的街头，还有黎明的河滩。就让它这样毁灭掉吧。

浦罗背对着一排排水壶站在那里，她身穿一件粉红的毛衣，站得笔直。从人群当中看起来，她跟我差不多年纪。

"你好。"我向她走过去。

"哎呀，你感冒了？"她瞪大眼睛，"对不起，把你叫出来，我不知道。"

"脸在发烧吧？"我笑了。

"是啊，脸通红。那就快点儿挑吧，挑个你喜欢的。"她转过身，面朝货架说，"哪个好呢？保温瓶怎么样？还是选个适合携带的、轻便些的？这个，和上次掉的那个一样。啊，要是只看样式的话，去中国货柜台买中国产的吧。"

看她这么热心地介绍，我很开心，脸真的红起来，连自己都能清楚地感觉到。

"要那个白色的吧。"我指着一个亮闪闪的白色小保温杯说。

"好。客人您真有眼光。"说完，她买下那只杯子送给了我。

我们来到靠近商店顶层的一家小店。喝着红茶，她说："我带了这个来。"说着，从大衣口袋里掏出一个小包，接着又是一个小包，就这样拿出好多包来，看得我目瞪口呆。

"我从开茶叶店的人那里要了一些，药茶几种，红茶几种，还有中国茶几种。名字写在包装上了，可以放在水杯里喝的。"

"……谢谢。"

"不用啊。让你心爱的水杯掉下河的可是我啊。"她笑了起来。

这是一个晴空万里的午后。阳光普照，灿烂得使人悲伤。白云投影在阳光下的街市上，缓缓地飘过。多么平静的下午！除了鼻子不通，不知道在喝什么之外，日子宁静得似乎没有任何不如意之处。

"不过，"我问，"你到底是怎么知道我的号码的？"

"真的没骗你。"她微微一笑，"一直以来，我四处漂泊，一个人生活。不知不觉感觉就变得特别灵敏，像野兽一样。到底什么时候有这种本领的，我也记不太清了……那天，我想早月小姐的号码是多少？想着想着，拨号的时候，手自然就动了，大多数都会猜对。"

"大多数？"我笑了。

"是啊，大多数。打错的时候，就笑着说声对不起，挂掉，然后一个人偷偷不好意思。"浦罗说着，嘻嘻笑起来。

查电话号码的办法要多少有多少，但我更愿意相信娓娓道来的她的话语。她身上有股使人信服的力量。在我心底的某处，觉得似乎早已和她相识，并为再次重逢喜极而泣。

"今天谢谢你了。我很开心啊，就像是在和情人约会。"我说。

"那么，我来告诉你这个情人啊，首先，后天之前把病养好。"

"为什么？啊，稀奇事儿，是在后天吗？"

"对了。不能对别人说，好吗？"她稍稍压低了嗓音说，"后天，早晨四点五十七分之前，到上次的地方，说不定会看到什么。"

"会看到什么？到底是什么东西？也有可能看不到吗？"

疑问如洪水般倾涌而出。

"嗯，跟天气还有你个人的状况都有关。非常微妙，我也不能保证。不过，凭我个人的直觉，那条河和你有着莫大的关系。所以，你一定能够看到的。后天那个时刻，真的是百年一遇，各种条件齐备，在那里说不定会看到某种影像。对不起啊，都是'说不定'。"

对她的解释，我还是听不太懂，满心疑惑。但尽管如此，心里还是升起一种久违的期待与雀跃。

"是好事吗？"

"唔……很宝贵，不过还是取决于你。"浦罗回答说。

取决于我？

现在的这个蜷缩一团、只为了保护自己就已心力交瘁的我？

"好，我一定去。"我笑了。

河和我的关系。听到这里，我心突然怦怦乱跳，几乎立即认同了她的断言。对于我来说，那条河是我和阿等的国界。脑海里浮现出那座桥的画面时，总会看见阿等站在那里等我。我总是迟到，他总是站在那里耐心等候。一起外出回家的时候，我们俩也总是在那里分手，然后一个往河这边，一个往河那边。最后那次也是如此。

"接下来，你是要去高桥那里吧？"

这是我和阿等最后的对话。那时的我还处在幸福之中，与现在相比，胖嘟嘟的。

"嗯，先回家一趟再去。大家好久没聚了。"

"代我问好啊。不过，男孩子们聚在一起，不会有什么好话吧？"

"可不？不行吗？"听我这么说，他笑起来。

疯玩了一整天，都有些醉意，一路上我们俩笑闹个不停。满天的繁星点缀着寒气袭人的冬夜的街道，我抑制不住好心情。虽然冷风刮得两颊生疼，却有星星一闪一闪。口袋里握在一起的两只手一直暖暖的，干爽而温馨。

"啊，不过，我一定不会说你坏话的。"

阿等像突然间想起来似的说。听他这么说，我觉得好有趣，把脸埋在围巾里，强忍住笑意。那时候，我觉得实在不可思议，我们都相处四年了，却仍然如此相爱，竟有这种事。那时候的我，感觉至少要比现在的我年轻十岁。耳畔隐隐传来流水声，分别总是令人伤感。

还有桥。桥成了我们再也无法相见的别离的地方。冰冷的河水轰鸣着奔流而去，河面上冷风扑面而来，使人睡意全消。在潺潺流水声与满天的星斗中，我们轻轻一吻，想着愉快的寒假，两人笑着作别。清脆的铃铛声在黑夜里渐渐远去。那夜，我和阿等都很温存。

我们也曾大吵，也曾有过小小的花心，也曾在爱与欲之间痛苦地抉择，也曾多少次因为年幼无知而彼此伤害。因此，日子并不总是像那天那样幸福得无以复加，而是几经波折。尽管如此，却仍是美好的四年。尤其是那一天，一切是如此完美无瑕，让人不忍结束。还记得那一幕：宛如是这太过完美温馨的一天的余韵一般，在冬日清澄的空气中，转回身来的阿等的黑色夹克渐渐消融在夜色里。

这幅画面，曾无数次在我流着泪时重现脑海。不，是每次想起时，泪水就会滚滚落下。也有好多好多次梦见，我跑过桥，追上他，不让他走，把他拉回来。梦中，他笑着对我说，多亏你不让我去，我就不用死了。

可现在，大白天突然间想起这些时，却已不再有泪，莫名地叫人怅惘。遥不可及的他，感觉中越发走远了。

在河边说不定能见到的究竟是什么呢？我怀着半是当作玩笑，又半含期待的心情和浦罗分了手。她嘻嘻笑着消失在闹市中。

我想，即使她是个怪人，在说谎，我兴冲冲地一大早跑过去，结果受骗上当，我也不会在乎。她在我心中描绘出了一道彩虹，在我心中注入了一缕清风，我的心因她而充满了对未知的前景的种种猜测与期待。即使什么也没有发生，就那么清晨两个人一起并排看看晨光中闪烁着的冰冷的河水，大概也是一件很令人愉悦的事吧。那样也不错。

我抱着水杯，一边走一边想。正打算去取自行车，而要穿过车站的时候，我看到了阿柊。

谁都知道大学生的春假和高中生的春假是不在一起的。大白天穿着便装在商业区，一定是逃学了。想到这，我笑起来。

我本来可以毫不犹豫地冲过去跟他打招呼，可是因为发烧，什么都懒得去做，所以还是以原有的步伐朝他走过去。而这时，正巧他也开始迈步向前走，就自然形成了我在街上跟随他的态势。他脚步很快，而我又不想快跑，所以怎么也追不上。

我观察起他来。如果是便装打扮，他是一个颇有些回头率的帅男孩。他身穿黑毛衣，走起路来雄赳赳气昂昂的。身材高大、四肢修长、身形灵巧、充满活力，的确，他这样的男孩在女友死后，突然间换上女友的遗物——水兵服去上学，女孩子们要是知道了这一切，是不会不动恻隐之心的。看着他阔步前行的背影，我这样想着。一下子同时失去哥哥和恋人，这种事情并不多见，应该说极不寻常。我如果是一个悠闲的高中生，或许也会想激励他，帮他依靠自己的力量重新振作，并会爱上他。正值豆蔻年华的女孩子们是最喜欢做这种事的。

走上前叫住他，他一定会对我报以微笑。这一点我知道。但又觉得他在大街上独行时把他叫住有些不合适，而且也觉得自己对别人毫无用处。大概是我太累了的缘故吧，对什么都提不起兴致，只想尽快逃离，哪怕早一天也好，逃到一个可以客观审视前尘旧事的地方。然而，不论我怎样奔跑，路途依然那样遥远，一想到将来，就止不住一阵战栗，满心孤寂。

恰在这时，阿柊他突然停下脚步，于是我也终于站住了。我暗笑着想，这下可真是在跟踪了呢。正打算走过去跟他打招呼——猛然瞥见他停下来在看的东西，不由得急忙刹住脚步。

他定定地望着一家网球用品商店的橱窗，神情淡淡的。由此看来应该是没有什么特殊目的，然而，正是这种下意识的行为，却泄漏了他心底的秘密。我要把这副场景烙印在心中。就像小鸭子，把第一眼看到的会活动的东西当作妈妈，尾随着再也不肯离去。这对于小鸭子来说，也是一种下意识的行为，而旁观的人却会为之打动，深深打动。

春光中，混迹于熙来攘往的人群里，他就那样久久地、专注地盯着橱窗。大概站在网球用品旁他会有种亲切之感吧？就如同我只有和阿柊在一起的时候，依稀看到阿等的面影，才能获得慰藉一样。多么令人悲哀！

我也见过由美子打网球比赛。我第一次被介绍跟她认识的时候，觉得她的确很可爱，但看上去也只不过是一个非常爽朗沉稳的普通人，真猜想不出是她的哪一点让那个怪人阿柊为之着迷。阿柊十分迷恋她。表面上他还是过去的那个他，可实际已深受由美子某些地方的感染。他们二人实力不相上下。究竟是什么地方呢？就此我问过阿等。

"听说是网球。"阿等笑着说。

"网球？"

"嗯。听阿柊说，她网球打得可厉害了。"

那是一个夏天。太阳火辣辣地暴晒着高中的网球场，我、阿等，还有阿柊来看由美子的决赛。地上投下浓重的影子，嗓子干渴难忍，一切都令人头晕目眩。

她确实很厉害。那天的她仿佛变了一个人，完全不同于那个平日里跟在我身后、"早月姐、早月姐"地笑着叫我的女孩。我惊奇地观看了全场比赛。阿等也似乎大为惊讶。阿柊骄傲地说："是吧？很棒吧？"

赛场上，她全神贯注，气势逼人，强有力的扣杀容不得对方有片刻喘息。她确实很具实力，神色凝重，充满杀气。然而当最后一球打完，获胜的那一瞬间，她立即转向阿柊，露出纯真的笑容，又恢复了平素的神情。那个画面给我留下深刻的印象。

我们四个人一起的欢乐时光，我也特别喜欢。由美子常会对我说，早月姐，我们要永远在一起玩啊，不准分开。那你们俩怎么办？我会打趣她。她会笑着说，那个，讨厌啦。

往事已不堪回首……

我想，他现在一定不会像我这样思念着她。男孩是不爱顾影自怜的。而也正是因此，全部的悲哀浓缩成一句话，透过他的全身、他的双眸倾诉出来。我想，他是绝不会用言语表达出来的。假如可以换成言语，一定是非常、非常令人伤怀的一句，那就是——

回来吧!

它更是一句祈求。悲从中来。或许，在黎明的河滩上，我看起来也是那副样子吧。因此，浦罗才跟我攀谈的吧。同样地，我也想大声呼喊——

阿等，我想见你，回来吧! 至少，让我们正正经经地道个别。

今天看到的场景，我决定不说出来，并且发誓下次见面要展露明朗的笑颜。于是我悄悄踏上了回家的路，没跟他打一声招呼。

果然不出所料，体温噌噌窜了上去。原本情形就不太好，又一直在街上晃来晃去，病情加重也是理所当然的。

母亲笑我说，是不是要长智慧了啊？我也无力地笑笑，心里也在这样想，或许是无谓的思考积淀的病毒蔓延到了全身也说不定。

当天晚上，同往常一样，我在阿等的梦中醒来。梦境中，我带病跑去河边，阿等站在那儿，微笑着说，你在做什么呢，感冒了还不注意！感觉真是糟透了。睁开眼睛，已近拂晓，平时这时候应该起床换衣服了，而现在却只感觉到寒冷，体内火烧火燎，手脚却是冰凉。寒意四处流窜，全身酸痛，不住打寒战。

我哆嗦着在一片灰蒙蒙中睁开眼睛，感觉自己好像正在和一个庞然大物作战，而且，输的一方说不定会是自己。这种感觉还是有生以来第一次由衷体会到。

失去阿等，是我的痛，让我痛彻肺腑。

每次和他相拥，我都学到言语无以表达的内容。和一个自己以外又不是父母的人这么近距离接触，真是很奇妙。失去了他的手臂、他的胸膛，我仿佛一下触摸到了最不想见到的东西，人们所要面对的最深的绝望的力量。寂寞，无尽的寂寞。现在的一刻是最难挨的了。只要度过这一刻，不管怎样，清晨会来临，也一定会有让人开怀大笑的开心事。只要阳光洒落，只要黎明降临……

就这样反复安慰着自己，咬牙坚持着，却没有丝毫力气爬起来去看看河滩的景色。现在的我，只有忍受痛苦的煎熬。无味的时间一秒一秒过，缓慢得像蜗牛在爬。我甚至有种错觉，现在去河边的话，阿等会真的像刚才梦中一样站在那里。这想法让我发狂，腐蚀着我。

我慢慢爬起来，嗓子渴得要命，想去厨房里倒杯茶喝。高烧使家在我眼中看起来像一个魔幻的世界，家具有些变形；家里人都在熟睡，厨房里冷飕飕、黑魆魆的。我摇摇晃晃地倒上一杯热茶，回到了自己房间。

喝了茶感觉舒服多了。嗓子不渴了，呼吸也顺畅了。我半坐在床上，拉开床边的窗帘。

从我的房间正好可以看见大门和院子。院子里的花草树木在清晨的蓝霭里瑟瑟摇曳着，色彩淡淡的，像一幅全景画一样平铺在眼前。好美！我最近才知道，黎明的蓝霭中，一切看起来都是这般纯净。我把目光又投向大门外，发现有个身影沿着门前的小路正朝这边走来。

随着这人渐渐走近，我几乎怀疑是在做梦，眼睛眨了又眨。那人竟然是浦罗！她穿了一件蓝色上装，笑眯眯地看着我，朝这里走过来。站在大门口，她的嘴动了动，像在问可以进去吗？我点点头。她穿过院子来到窗前。我打开窗，心在扑通扑通直跳。

"啊，好冷。"她说。

丝丝凉风从外面吹进来，火辣辣的脸颊顿时凉爽了许多。空气清新宜人。

"怎么了？"我问她。我想我一定笑得很开心，像个小孩。

"正要回去，顺便散散步。你感冒好像更厉害了呢。维C糖，给你。"

她从口袋里掏出糖果递给我，脸上露出灿烂的笑容。

"老是麻烦你。"我声音沙哑地说。

"好像温度不低呢。很难受吧？"她又问。

"嗯。今天早上没法跑步了。"我说，不知为什么，想哭。

"感冒啊，"她低垂下眼帘，淡淡地说，"现在这个阶段是最难受的了，说不定比死还要难过。不过，这大概已经是到头了。因为人的忍受限度是不变的。说不定还会再得感冒，遭遇到现在同样的事情。可是只要本人坚强地挺过去……这就是规律。也有人想，还会再次发生这样的事情啊，于是心灰意冷。可是再想想，也不过如此。这样想，心里不是舒服很多吗？"说完，她笑着看着我。

我默不作声，瞪大了眼睛。这个人真的只是在说感冒吗？她想表达什么？——清晨的蓝霭和高烧模糊了眼前的一切，我分不清哪是梦境，哪是现实。唯有细细回味着她的话语，茫然地望着她额头的黑发在微风中飘动。

"那明天见啦。"她笑着说，说完，慢慢从外面把窗户关好，踏着轻盈而有节奏的步子出了院门。

我目送着她远去的身影，依然如在梦中。在这个令人窒息的夜晚将尽时分，她翩然而至，使我高兴得想哭。我想告诉她：在这梦幻般的晨霭中，你能来到我的身边，我觉得像做梦一样，真的好高兴。我甚至觉得一觉醒来，一切都会稍微有所好转。接着，我又沉沉睡去。

醒来之后，发现至少感冒轻了一些。已经是傍晚时分了，竟然睡了这么久！我从床上起来，冲了个澡，把身上的衣服全部换掉，最后吹干头发。热度已经降了，除了疲乏无力外，基本恢复了健康。

浦罗真的来过吗？我一边用热风吹着头发，一边在想。真像一场梦。还有那些话，真的是指感冒而言的吗？那声音感觉总像是回荡在梦中。

例如，镜中自己的脸上落下一丝阴影，这使我揣测又一个难熬的夜晚将像余震一样悄然而至。我实已不堪疲惫，不愿再多加思考。我真的已疲惫至极。尽管如此——就算爬，我也要爬出这些凄苦的夜晚。

再例如，此刻比昨天呼吸顺畅了些。但那令人憋闷的孤独的夜晚必定来临，这一事实确实使我心烦意乱。一想到这样无休止的重复就是人生，就忍不住战栗。然而，想到心情轻松的瞬间所带来的快乐，又使我为之雀跃，每次都让我期待不已。

这样想着，情绪才好转起来。烧冷不防退了，大脑像喝醉了酒，无法思考。这时，突然有人敲门。我以为是妈妈，刚答应了一声，门就开了，阿柊走了进来。我大吃一惊，感觉很意外。

"你妈说叫了你几回都没答应……"他说。

"吹风机声音太大，我没听见。"刚洗完头，头发乱蓬蓬的，我有些慌乱。

"我打电话来，你妈说你得了重感冒，像是长智齿弄的，所以来看看你。"

阿柊全然不觉，笑着说。说起来，他经常和阿等一起到我这里来的，像是节庆的时候啦，看完棒球回去的时候啦。所以，他习惯性地拽出坐垫，一屁股坐下。忘记的人倒是我。

"这是慰问品。"

他拿过一个大纸袋，朝我笑笑。看他那么热心，我倒不好意思告诉他病已经好了，还故意咳嗽了几声给他看。"你最喜欢的肯德基原味鸡柳堡、冰沙，还有可乐。也准备了我的一份，一起吃吧。"

虽然不愿意承认，可感觉他对我"小心翼翼"的。一定是母亲对他说了些什么。想到这里，我有些不好意思。但我的状态也并没有好到可以反驳他说，我很好啊，你在说什么呢。

于是，明亮的房间里，在暖洋洋的火炉的热气包围中，我们两个人坐在地板上，静静地吃起那些东西来。这时我才发现肚子非常非常饿，所以吃得特别香甜。细想起来，在这个男孩面前我总能吃得津津有味。而我也觉得这是一件极其幸福的事。

"早月？"

"嗯？"我正这样呆呆想着，听到他叫我，愣了一下，抬起头。

"不要再一个人自寻烦恼了。弄得自己一个劲儿消瘦下去，还发烧。那么有工夫的话，叫上我，咱们一起出去玩啊。每次见到你，你都越发憔悴了，在别人面前还跟没事人似的。那是浪费生命呢。你和阿等关系非常好，所以你伤心得要命是吧？这很正常啊。"

听他一口气把这一大段话讲完，我心头为之一震。这还是他第一次这样直率地表现出对我的关怀，而这之前我一直以为他是一个更喜欢摆酷的男孩。这是我未曾预料到的，而这份意外反而使我轻易地接受了他的话。阿等那时曾经笑着评价说阿柊一遇到家人的事，就变得孩子气十足，我这才体会到他当时真正的心情。

"确实我年纪还太小，指望不上，连自己不穿水兵服都还受不了，想哭。可是遇到困难的时候，人类都是兄弟姐妹，不是吗？你，我很喜欢啊，需要的话，同床共枕都可以啊。"

他一脸严肃，丝毫没有觉得自己的话有什么不妥之处。真是个怪人。我忍不住笑起来，然后，由衷地对他说："我一定会的，真的，一定会的。谢谢你，真的谢谢你！"

阿柊回去之后，我又接着睡下。大概是感冒药的缘故吧，这次睡得特别沉，竟然没有做梦。好久都没有睡得这么安稳了，就像回到了小时候，在圣诞夜满怀期待与神圣的憧憬入睡。醒来之后，我要去河边，去看那个什么东西，浦罗在那儿等着我。

天色未明。

虽然身体还没有完全康复，我还是换上衣服跑了出去。

黎明的街道清冷寂静，月影如同贴在天空中一般。我的脚步声在静谧的蓝霭中回荡，旋即悄无声息地被吸摄入空气，消失在身后的街市里。

浦罗站在桥上，手插在口袋里，脸半掩在围巾中。看我跑过来，她还是刚才的样子，朝我灿烂地一笑，说了声："早上好。"

隐约有一两颗星星在泛起鱼肚白的天空中眨着眼睛。

这情景美得让人眩晕。有轰鸣的流水，还有清新的空气。

"天空蓝得连人都要融化进去似的。"她手搭凉棚，仰望着天空说。

风中摇曳的树木投下淡淡的树影，天空在徐徐地变化，月光透过薄薄晨霭倾泻下来。

"到时间了。"她的声音透出紧张，"好了吗？现在开始这里的次元、空间、时间之类的会发生摆动、错位。我们两个人并排站着，可是也可能相互看不到对方，看到的东西也可能完全不同……就在河对岸，一定不要出声，不要过桥。没问题吧？"

"OK。"我点点头。

接下来是一阵沉默，唯有河水轰隆。在流水声中，我和浦罗并排站着，注视着对岸。我心怦怦直跳，腿好像在发抖。黎明，一点点一点点向我们靠近。天空由藏青转为浅蓝，传来鸟儿的声声啼鸣。

我感觉耳膜中依稀听到一个声音，定睛朝身旁望去，浦罗不见了。只剩下河水、我和天空——还有一个熟悉而亲切的声音，夹杂在风声与流水声之间在耳边响起。

铃铛！没错，那是阿等的铃铛声！丁零丁零的铃声隐约可闻，却不见人影。我闭上眼睛，在风中侧耳倾听。当我再次睁开眼向对岸望去的时候，我怀疑自己是不是疯了，而且比这两个月来的任何一天都疯得厉害。我费了好大劲才忍住没叫出声来。

阿等在那儿！

如果不是我在做梦或是精神有问题的话，那么站在河对岸、面朝这边的那个人影就是阿等！我们隔河相对，我心里涌起一股熟悉的热流，对岸的身影和我心中、记忆中的影像对上焦点，融为了一体。

他站在黎明的蓝霭中，向这边望来，眼睛里含着忧虑。我乱来的时候，他总是这副表情。他手插在口袋里，目不转睛地看着我。我想起了在他的臂弯里度过的或远或近的日子。我们俩就这样相互对望着。横亘在我们之间的是汹涌的河水，还有遥远的时空距离，这一切只有即将隐去的月亮在默默注视着。我的长发，还有我所熟悉的他的那件衬衫衣领在河风中飘摇，恍然如梦。

阿等，你有话想跟我说吗？我有话想对你说啊，想走到你的身边，抱住你，庆贺我们的重逢。可是，可是——我泪眼迷蒙——命运已经把我和你这么清清楚楚地分隔在河的对岸和这边，我无力回天啊。满面泪痕的我，可以做的只有观望。阿等也以同样悲哀的神情回望着我。多么希望时间可以停止！——然而，第一缕晨曦已经射出，一切都开始慢慢变淡。阿等在我的注目中渐渐远去。看我焦急起来，他笑着朝我挥手，一次又一次地挥手，然后逐渐消失在灰蒙蒙的天边。我也挥动着手臂，想要把我的阿等、那熟悉的臂膀的曲线，一切的一切，烙进眼中。这淡淡的景色，还有顺着脸颊流下的热泪，我渴望记下所有的这一切。他的手臂划出的弧线凝固在空中，身形却慢慢暗淡下去，终究消失了。泪眼婆娑中，我目送他离去。

完全不见了，一切都恢复到了原先，那个清晨的河岸。身旁站着浦罗，她神色悲戚，仿佛痛断心肝。她侧着脸问我："看到了吗？"

"看到了。"我擦着泪水。

"感动吗？"

这次她转向我，笑了。我的心情也逐渐释然，朝她报以一笑，说："感动。"

阳光洒下来，清晨来临了。我们两人在那里站了许久。

我们来到一家一大早就开了门的唐纳滋。喝着热咖啡，浦罗睁着略带睡意的眼睛说："我也是在一次意外中失去了恋人，为了有可能和他见上最后一面，所以才来这儿的。"

"见到了吗？"我问。

"嗯。"她微微一笑说，"真是百年一遇的几率，好多偶然重叠才有那样的现象发生。地点、时间都是不确定的。知道的人把它叫做七夕现象，因为只有在大河边上才会发生。不过，也因人而异，有的人就完全看不到。这需要死者残留的思念和活着的人的悲伤两者很好地相互作用，才会变成影像出现。我也是第一次看到……你很走运呢。"

"……一百年啊。"听到概率低得是这么难以想象，我不禁浮想联翩。

"到了这儿，预先去查看的时候，看到你站在那儿。凭我野兽般的直觉，觉得你也一定有亲人死去了，所以才叫上你的。"

清晨的阳光落在她的秀发上，她说完，微微笑着，一动不动，宛如一尊安静的雕像。

她到底是怎样的一个人呢？来自哪里，又要去向何方呢？在刚才的河对岸，她看到了什么人？……但我无法启齿相问。

"分别和死亡都是痛苦的。可这也并非人生中最后一次恋爱，女孩子可不能沉浸在回忆里打发时间啊。"她闭着嘴嚼着甜甜圈，以闲聊的口吻对我说着，"所以说，今天能够好好地道别，真好。"她的目光中写满了悲哀。

"……嗯，我也是。"我说。这时，我看到她在阳光中温柔地眯起了双眼。

朝我挥手作别的阿等。那个画面就像芒光扎进胸膛，痛彻我心肺。我还无法确切理解，这究竟是幸运还是不幸。此刻的我，只是在强烈的阳光中，任丝丝余韵缠绕心头，并为之痛苦不已。揪心的痛令我无法喘息。

尽管如此，尽管如此，当我看着在我眼前微笑的浦罗，我还是强烈感受到在那件薄大衣散发的香气中，自己离"某种东西"那么近。风刮得窗户喀哒喀哒响，就像是离别时刻的阿等，不管我怎样心念坚定凝神注目，他还是实实在在地从我身边离去了。那个东西像太阳一样，在黑暗中发出炫目的光辉，使我得以极速穿越黑暗。祝福像赞美诗一样撒落到我身上，我祈求着：让我变得更坚强吧！

"这之后你还要去什么地方吗？"从店里出来，我问。

"嗯。"她笑着拉住我的手说，"还会再见的。你的电话我会一直记住的。"

然后，她消失在清晨街市的人流中。我目送着她想：

我也不会忘记，你给予了我那么多……

"前几天，我看到了。"阿柊说。

一天午休时间，我到母校去给他送迟到的生日礼物。我坐在操场的长椅上，一边看着在跑步的学生一边等他。他朝我跑过来，让我吃惊的是他身上并没有穿水兵服。一坐到我身边，他就那样对我说。

"看到什么了？"我问他。

"由美子。"

他说。我心一跳。穿着白色体操服的学生们扬起阵阵尘土，又从我们面前跑过去。

"是前天早晨吧，"他继续说，"或许是做梦。我正睡得迷迷糊糊的，突然门开了，由美子走进来。这一切都那么自然，我都忘记她死了，于是叫她：'由美子'，她竖起食指，嘘了一声，笑了……听起来还是像在做梦吧。然后，她打开我房间的衣橱，小心翼翼地拿出水兵服，抱着走了。嘴动着，像是在说'Bye-Bye'，还笑着摆摆手。我不知道该怎么办，又睡着了。说是梦吧，可是水兵服不见了，哪儿都找不到。我一下就哭了。"

"……是吗？"

我说。说不定，即使不在河边，只要是那天，那个早晨，那种现象就会发生。浦罗已经不在了，我也无法得到证实。然而看他那么冷静，我想，没准这个人并不是寻常人，竟能把只在那里发生的现象招到了自己身边。

"我是疯了吧？"阿柊自嘲地说。

淡淡阳光下的春日午后，微风送来校舍里午休时的喧闹声。我把礼物——一张唱片递给他，笑着说："到时候，你也跑跑步就好了。"

他也笑了，在阳光中久久地笑着。

我想要获得幸福。比起长时间从河底淘金所付出的艰辛，手中的一捧金沙更动人心魄。我祝愿所有我爱的人都过得比现在幸福。

阿等！

我不能再在这里停留了，我必须要时时刻刻迈步前行。因为时光如流水般无法挽留，没有办法，我要走了。

一段旅程结束，下一段又会开始。有的人会再度相逢，也有的人将不复再见。还有人会在不知不觉间悄然离去，或只是擦肩而过。在同他们寒暄的时间里，我将觉得自己的心越来越澄澈。凝望着奔流不息的河水，我告诉自己：要活下去。

我在心中切切祈祷：那个年少时代的我的面影能一直陪伴在你的身边。

感谢你朝我挥手，感谢你一次又一次地朝我挥手作别。

后来的事

——文库版后记

这三篇小说能有如此大的销量，也曾让我呼吸沉重。

在被那个时代动荡的大潮所吞没的时间里，我觉得连自己的生活方式都遭到了愚弄。

我切实感到，"强烈的感受性所产生的苦恼与孤独，有其令人几近难以忍受的一个侧面。尽管如此，只要活着，人生就毫无阻滞地滑向前，而这无疑并非一桩怎么坏的事。即使际遇坎坷，也不是没有可能巧加利用，让自己活得有趣有味。为此，最好丢弃天真，保持骄傲，学会冷静。通过或多或少的努力，人们一定能够过上自己希望的生活。"我希望把我的这种信念传递给那些日日为痛苦忧思所折磨，心灵在不知不觉间干涸，因而渴望着外部雨露滋润的人们。

这就是我唯一想做的。

或许，通过小说了解到有这样一种感受方式的存在，正打算自杀的人可能会悬崖勒马，哪怕仅仅延迟了短短几小时。

另外，我是容易却很不喜欢成为别人商量对象的一个人，不过我仍心存一念之诚，希望能用某种方式造福社会。

透过多样的微妙的感受方式，单纯、纯粹地描绘记录下这大千世界的美好，这就是我一以贯之的唯一主题。

人不可能永远和挚爱的人相聚在一起，无论多么美妙的事情都会成为过去，无论多么深切的悲哀也会消逝，一如时光的流逝。我想把这许多故事的美好用文字刻录下来。我的作品如果有丝毫沁入人心之处的话，我只希望能够继续写出这样的作品，献给那些需要它的人。

在固执地抱持这种想法的当时，我还是一个小姑娘，还没有足够的包容力，因此对有许多不必要的人读我的小说并不感到十分喜悦。

而现在到了"大婶"的年纪，脸皮也厚了，心情也逐渐变得开朗："顺其自然就行了，就只把好的地方留作愉快的记忆吧。""有那么多人看我的书，也算完成了使命，剩下的就是自由地去做自己喜欢的事了。"

去喝酒的时候，变过性的老板娘对我说："你啊，也该动起来了，可得超越自己，红上加红才行啊。"我总是笑着说："我可不要。"能够这样无所顾忌地欢笑的日子终于到来了，真好。

这本书，许多人以许多种读法读过了它，也有许多人给予了很高的评价，这都使我感到万分荣幸。

另外，至今仍然不曾忘怀的是朋友井泽先生的那番话，他说："吉本的那部小说，让这个世界的女孩子的非主流文化观一下子开出了花，钻出地表来了。"

如果读者们隐藏的感受性能够因此得到解放的话，这就足够了，我可以说我完成了自己的工作。

拥有新版封面的《厨房》，就像一个出门环游世界、获得众人宠爱后归来的孩子，在此能够献上一本，感到非常高兴。

谨此向爽快地赞成将小说收入文库本的松家仁之先生、

对我作品的喜爱程度总是更胜我本人的根本昌夫先生，以及尽心竭力发挥精彩创意、绘制精美插图并设计出精致装帧的增子由美小姐（她真是个心地美好的人，在这期间不厌其烦与我联络）表示真挚的谢忱！

同时也衷心感谢给予我大力帮助的事务所工作人员。

真心希求新封面的《厨房》能够成为读它的人的挚友。

吉本芭娜娜

2002 年春

译后记
——写给《厨房》中文新版

　　记得第一次读到《厨房》这部作品，还是很久之前在一本薄薄的日语学习刊物上。当时并没有登载全篇，有的只是开头简单的几段，却在看过一眼之后，便深深地打动了我。主人公"樱井美影"对厨房的执念，在某些人眼中可能是怪异，但于我，却感同身受。或许只有经历过彻骨的别离之痛，才更能体会。

　　记得之后，在那个通讯相对不太发达的年代，我想方设法找来原文，一口气读完了全书。原来，《厨房》并不是一个单纯的凄惨悲凉的人生故事。开头的"伤痛"吸引了我，但我其实更喜欢后文中所传达出的那种温暖、希望与光明。苦痛，是成长的历程。生命也不只有苦痛，阳光一直都在。

人生漫长，想必生死别离谁都无法避免。当你必须要面临这些伤痛，并深陷其中无力挣脱之时，一句话，一个动作，甚至一本温暖的书，就可能是一个最好的救赎。

后来，当接到上海译文出版社的翻译邀约时，我非常地庆幸，我喜爱的这本书可以经由我手介绍给中国读者。仍记得当时是怀着怎样激动的心情，夜以继日地译完这部作品。尽管我只是负责传达的中间译者，但这本书也如同我的孩子。后来我又陆续翻译了芭娜娜的其他几部作品，每一本也都倾尽心血，但印象最深的，仍是第一本《厨房》留给我的悸动。

《厨房》虽不长，只是一部短篇小说集，却也是一部具有治愈力量的好书。希望这本书能到达更多人的手中，能给更多人带去所需的温暖，特别是那些正处困境、需要疗伤的人们。

最后，感谢作者将这样一本有温度的书带给我们；感谢上海译文出版社给予我机会，使我得以与此书有更深的羁绊；也感谢每一位翻开此书、正准备阅读的你们。

李　萍

2021 年 12 月

KITCHEN by Banana YOSHIMOTO

Originally published in Japan by KADOKAWA GROUP PUBLISHING

CO., LTD., Japan in 1998

图字：09-2003-353 号

图书在版编目（CIP）数据

厨房：特精版/（日）吉本芭娜娜著；李萍译．—

上海：上海译文出版社，2022.2（2025.4重印）

　ISBN 978-7-5327-9014-2

　Ⅰ.①厨… Ⅱ.①吉… ②李… Ⅲ.①中篇小说—日

本—现代 Ⅳ.①I313.45

中国版本图书馆CIP数据核字（2022）第022985号

厨房（特精版）

[日]吉本芭娜娜　著　李萍　译

责任编辑/姚东敏　装帧设计/汐和 at compus studio　插画/十指

上海译文出版社有限公司出版、发行

网址：www.yiwen.com.cn

201101　上海市闵行区号景路159弄B座

上海雅昌艺术印刷有限公司印刷

开本 787×1092　1/32　印张 6.5　插页 6　字数 65,000

2022年4月第1版　2025年4月第3次印刷

印数：23,001—26,000 册

ISBN 978-7-5327-9014-2

定价：49.00 元